FC6年1組

つかめ全国への大会キップ！
とどけ約束のラストパス！

河端朝日・作
千田純生・絵

集英社みらい文庫

ＦＣ《エフ シー》６年《ねん》１組《くみ》のメンバー
FC6-1 2 田上蓮《たがみれん》
クラスで一番背《いちばんせ》が高《たか》い男《おとこ》の子《こ》。だれにでも気《き》さくに接《せっ》する、転校生《てんこうせい》の純《じゅん》のよき理解者《りかいしゃ》。
FC6-1 10 日向純《ひなたじゅん》
転校生《てんこうせい》の天才《てんさい》ストライカー。これまでであったことのないＦＣ《エフシー》６年《ねん》１組《くみ》の不思議《ふしぎ》なチームワークを信《しん》じている。
FC6-1 1 神谷一斗《かみやいっと》
負《ま》けずぎらいの熱血《ねっけつ》キーパー。アツい気持《きも》ちを胸《むね》に、すべてをかけてゴールを守《まも》りぬく主人公《しゅじんこう》。
FC6-1 4 杉本学《すぎもとまなぶ》
運動《うんどう》は苦手《にがて》だけど、だれもが認《みと》める努力《どりょく》家《か》。メガネがトレードマーク。
FC6-1 7 久野翔太《くのしょうた》
ちょっとぶっきらぼうな少年《しょうねん》。母子家庭《ぼしかてい》で育《そだ》ち、６年《ねん》１組《くみ》はもうひとつの家族《かぞく》だと思っている。
FC6-1 2
FC6-1 10
FC6-1 1
FC6-1 7
FC6-1 4

対戦《たいせん》チーム
ＦＣ《エフシー》ウィングス
FC6-1 6 中沢勇気《なかざわゆうき》
ＦＣ《エフシー》6年《ねん》1組《くみ》のたよれる主将《しゅしょう》。仲間《なかま》に指示《しじ》をだす冷静《れいせい》さとぜったいにあきらめない根性《こんじょう》アリ。
FC6-1 3 篠原大和《しのはらやまと》
まじめでしっかり者《もの》のディフェンダー。一斗《いっと》のことを尊敬《そんけい》していて、力《ちから》になろうと奮闘《ふんとう》する。
FC Wings 8
FC6-1 3
FC6-1
FCウィングス 8 二宮佑助《にのみやゆうすけ》
ダブルエースの1人《ひとり》。勝気《かちき》な性格《せいかく》で、ＦＣ《エフシー》6年《ねん》1組《くみ》を弱小《じゃくしょう》とバカにしている。
FC6-1 5
FC6-1 5 瀬尾陽介《せおようすけ》
クラス一《いち》のお調子者《ちょうしもの》。どんなときでもみんなを明《あか》るくするムードメーカー。
FCウィングス 9 二宮佐助《にのみやさすけ》
ダブルエースの1人《ひとり》。双《ふた》子《ご》の佑助《ゆうすけ》とのコンビプレーに絶対《ぜったい》の自信《じしん》を持《も》つ。
白川円香《しらかわまどか》
いつでも笑顔《えがお》をたやさないチームのマネージャー。得《とく》意《い》なことはケガの手当《てあ》て。

もくじ

プロローグ ゴールキーパー

ゴールキーパーは、特別《とくべつ》な存在《そんざい》だ。

ユニフォームがほかの選手《せんしゅ》とちがって、グローブをつけているから、キーパーはだれでも一目《ひとめ》でわかる。

なにより、足《あし》でボールをあつかうサッカーで手《て》をつかっていいのは、キーパーだけ。

そんなキーパーの一番《いちばん》の仕事《しごと》は、相手《あいて》のシュートを止《と》めて、自分《じぶん》たちのチームのゴールを守《まも》ること。

これが、ものすごくたいへんなんだ。

シュートを止《と》めるために、とんだりすべったりはあたりまえ。相手《あいて》とぶつかることだって、日常茶飯事《にちじょうさはんじ》。

自分《じぶん》たちのゴールに一番近《いちばんちか》い場所《ばしょ》にいるから、もしもミスをしてしまうと、チームの失点《しってん》に直接《ちょくせつ》つながることもある。

大《おお》きなプレッシャーのかかる役割《やくわり》だ。

さらに、ほかのポジションにはない責任《せきにん》がある。

たとえば、何本《なんぼん》シュートをはずしていても、1本《ぽん》のゴールをきめて試合《しあい》に勝《か》ったら、その選手《せんしゅ》はヒーローだ。

しかし、何本《なんぼん》シュートを止《と》めても、1点《てん》をきめられて負《ま》けてしまったチームのキーパーは、どうしても責任《せきにん》を感《かん》じてしまう。

はげしいぶつかりあい。ミスできないプレッシャー。チームの勝敗《しょうはい》への責任《せきにん》。

キーパーは、たくさんのものを背負《せお》うことになる。

それに、サッカーをやっていたら、だれだってシュートをきめたいと思《おも》う。

みんなのあこがれる選手《せんしゅ》も、ドリブルで何人《なんにん》も相手《あいて》を抜《ぬ》いたり、スーパーゴールをきめたりする選手《せんしゅ》ばかり。

シュートをうたれる側《がわ》のキーパーをやりたがる人《ひと》は、あまりいないらしい……。

でも、おれはみんなのゴールを守《まも》るキーパーをやっている。

クラスメイトとつくったチーム『FC《エフシー》6年《ねん》1組《くみ》』で、キーパーとして戦《たたか》いつづけている。

たしかに、たいへんなことだらけだ。

つらいこともあるし、キツいときもある。

それでもおれは、キーパーをものすごく魅力《みりょく》のあるポジションだと思《おも》っている。

だってキーパーは、ストライカー以上《いじょう》のヒーローになれる、ただ1人《ひとり》の存在《そんざい》だから。

そして、おれはひとつの約束《やくそく》をした。

その約束《やくそく》を果《は》たすためには、キーパーになることが必要《ひつよう》だった。

みんなのために。家族《かぞく》のために。

おれは、キーパーになったんだ。

第《だい》1章《しょう》 負《ま》けられない約《やく》束《そく》

「おれたちは、負《ま》けない。負《ま》けちゃいけないんだ……！」


ガンッ！

ゴールポストに手《て》をついて、立《た》ちあがる。

前《まえ》にいる仲間《なかま》たちは、ひざに手《て》をついて、苦《くる》しそうな顔《かお》をしている。

「もうボロボロだな、ＦＣ《エフシー》６年《ねん》１組《くみ》」

「あのキーパーも、立《た》つのがやっとじゃん」

「神谷《かみや》一斗《いっと》か……あいつ、あきらめわるいからなぁ」

「なんで、立《た》ちあがるんだよ。あきらめたら、楽《らく》になるのに」

まわりから、そんな声《こえ》がふりかかる。

「……あきらめるわけ、ないだろ」

言《い》いながら、おれはちらりとグラウンドの外《そと》を見《み》る。

つぎはぎが目立《めだ》つ、ボロボロの横断幕《おうだんまく》が目《め》にはいる。

「仲間《なかま》とも……サポーターとも、約束《やくそく》したんだ」

自分《じぶん》に言《い》い聞《き》かせて、おれはゴールの前《まえ》で立《た》ちあがる。

「おれがゴールを守《まも》って……この試合《しあい》に、ぜったい勝《か》つ！」

仲間《なかま》たちも、つぎつぎと顔《かお》をあげる。肩《かた》で息《いき》をして、汗《あせ》をぬぐい、そして、相手《あいて》に立《た》ちむかっていく。

＊

負《ま》けちゃいけない戦《たたか》いは、1週間前《しゅうかんまえ》からはじまった。

「はやく、練習《れんしゅう》にいかないと！」

朝《あさ》の6時前《じまえ》。おれは、山ノ下小学校《やまのしたしょうがっこう》にむかう道《みち》を走《はし》っていた。

ここは、東京都《とうきょうと》とは思《おも》えないくらい山《やま》に囲《かこ》まれた田舎《いなか》、佐津川市《さつかわし》。

そして、名前《なまえ》のとおりに山《やま》の下《した》にある小《ちい》さな小学校《しょうがっこう》の6年生《ねんせい》のクラスでつくったサッカーチーム。

それが、FC《エフシー》6年《ねん》1組《くみ》。

おれたちにとって、クラスのみんなでサッカーをすることは、給食《きゅうしょく》を食《た》べることや授業《じゅぎょう》を受《う》けることと同《おな》じ。勝利《しょうり》をめざして練習《れんしゅう》しているチームメイトは、学校《がっこう》でいっしょに生《せい》活《かつ》するクラスメイトでもある。

小学校《しょうがっこう》に入学《にゅうがく》する前《まえ》から、ひとつのボールを追《お》いかけてきた仲間《なかま》たちと、毎日《まいにち》変《か》わらずサッカーをしている。

今日《きょう》も朝《あさ》から練習《れんしゅう》をするために、かけ足《あし》で学校《がっこう》にむかっている。

「……んっ？」

通学路《つうがくろ》の途中《とちゅう》に、背《せ》の低《ひく》い男《おとこ》の子《こ》と女《おんな》の子《こ》がいた。おそらく、同《おな》じ小学校《しょうがっこう》の下級生《かきゅうせい》だ。

「こんなにはやい時間《じかん》に、めずらしいな」

サッカーの練習《れんしゅう》をするおれたちならともかく、6時《じ》ごろに登校《とうこう》するような下級生《かきゅうせい》はほとんどいない。

「急《いそ》げよ！」

「ま、待《ま》ってよ……」

前《まえ》をいく男《おとこ》の子《こ》は、うしろの女《おんな》の子《こ》のほうを見《み》ながら走《はし》っている。前《まえ》をむかないとダメだ、と思《おも》っていた矢先《やさき》に、男《おとこ》の子《こ》のすすむ先《さき》に電柱《でんちゅう》が……！

「あぶないっ！」

おれの声《こえ》で、男《おとこ》の子《こ》は前《まえ》をむいた。

あわててよけたけれど、バランスをくずしてしまう。

荷物《にもつ》で手《て》がふさがっている。このままでは、顔《かお》からころんでしまう！

おれは全速力《ぜんそくりょく》でダッシュして、ボールをキャッチするときのように、男《おとこ》の子《こ》の体《からだ》を受《う》け止《と》めた。

「だいじょうぶか？」

「あ、ありがとう」

荷物《にもつ》はぶちまけられてしまったが、男《おとこ》の子《こ》にケガはない。

「よかった。気《き》をつけて……」

「あっ！」

おれが注意《ちゅうい》をしている途中《とちゅう》で、その男《おとこ》の子《こ》は荷物《にもつ》をひろいはじめる。

まるでおれに見《み》られたらこまるかのような、あわてぶりだった。

「あ、ありがとうございましたっ！」

もう1人《ひとり》の女《おんな》の子《こ》も、ぺこりと頭《あたま》をさげてから、そそくさと走《はし》っていった。


山ノ下小学校《やまのしたしょうがっこう》の校庭《こうてい》に、予定《よてい》よりおくれて到着《とうちゃく》する。

「おーい！　一斗《いっと》！」

するとすぐに、おれを呼《よ》ぶ声《こえ》と、サッカーボールがとんできた。

「うわっ！」

胸《むね》の高《たか》さのボールを、とっさにキャッチする。

Goleador

「ナイスキーパー！」

手《て》をふっているのは、女《おんな》の子《こ》と見《み》まちがうようなキレイな顔立《かおだ》ちの少年《しょうねん》。

「純《じゅん》！　いきなり、あぶないだろ！」

「ごめんごめん。でも、いまくらいのボールは、とってもらわないとね」

そんなことを言《い》いながら舌《した》をだすのは、日向純《ひなたじゅん》。

山ノ下小学校《やまのしたしょうがっこう》にやってきた転校生《てんこうせい》で、だれもが認《みと》めるサッカーの天才《てんさい》。転校《てんこう》してくる前《まえ》には、全日本少年《ぜんにほんしょうねん》サッカー大会《たいかい》にでたこともあるらしい。

「今日《きょう》の一番乗《いちばんの》りは、純《じゅん》だったか」

おれの言葉《ことば》に、純《じゅん》は首《くび》を横《よこ》にふる。

「僕《ぼく》は、二番《ばん》だったよ」

純《じゅん》の視線《しせん》の先《さき》に、つかい古《ふる》されたランドセルがおいてあった。

もう6年《ねん》もいっしょにいる仲間《なかま》のものなら、見《み》ただけでわかる。

「これは……」

そこにランドセルの持《も》ち主《ぬし》が、校門《こうもん》をくぐって校庭《こうてい》に姿《すがた》をあらわした。

「――おはよう」

おれと純《じゅん》に小《ちい》さな声《こえ》であいさつをしたのは、久《く》野《の》翔《しょう》太《た》。

FC《エフシー》6年《ねん》1組《くみ》のチームメイトだ。

「おはよう、翔《しょう》太《た》！」

「はやかったね。なにしてたの？」

純《じゅん》の質《しつ》問《もん》に翔《しょう》太《た》は小《ちい》さい声《こえ》で答《こた》える。

「……学《がっ》校《こう》のまわりを走《はし》ってた。もっと体《たい》力《りょく》をつけようって思《おも》って」

必《ひつ》要《よう》なことだけを言《い》って、もくもくと練《れん》習《しゅう》の準《じゅん》備《び》をはじめる。

翔《しょう》太《た》はクールで、ちょっとぶっきらぼうな性《せい》格《かく》。

めんどうくさがりなところもあるけれど、おれたちのクラスでは一番運動神経《いちばんうんどうしんけい》がいい。

やるときはやる、たよれる仲間《なかま》の1人《ひとり》だ。

おれは、翔太《しょうた》にむかって明《あか》るく声《こえ》をかける。

「気合《きあ》いはいっているな！」

「……あたりまえだろ」

翔太《しょうた》は、ぼそっとつぶやく。

「また、6年《ねん》1組《くみ》のみんなと試合《しあい》ができるんだ」

小《ちい》さな声《こえ》で、でもはっきりと翔太《しょうた》は言《い》った。

クールな翔太《しょうた》だって、このチームが解散《かいさん》にならなかったことが、うれしかったんだ。

少《すこ》し前《まえ》まで、FC《エフシー》6年《ねん》1組《くみ》は試合《しあい》に一度《いちど》も勝《か》ったことのない弱小《じゃくしょう》チームだった。人数《にんずう》も足《た》りなくて、チームを解散《かいさん》させられそうにもなった。

純《じゅん》が仲間《なかま》になって、ようやく8人《にん》そろったおれたちは、チームの解散《かいさん》をかけて市内《しない》で負《ま》けなしの強豪《きょうごう》チームと試合《しあい》をした。

だれもが、おれたちが負《ま》けると思《おも》っていた試合《しあい》に、FC《エフシー》6年《ねん》1組《くみ》は勝《か》った。そして、このチームを守《まも》ることができた。

FC《エフシー》6年《ねん》1組《くみ》が解散《かいさん》することは、家族《かぞく》との思《おも》い出《で》がなくなることと同《おな》じだった。

これまで同《おな》じクラスで6年《ねん》、であってからは10年以上《ねんいじょう》。楽《たの》しいこともつらいことも、ケンカも仲直《なかなお》りも、いっしょに思《おも》い出《で》にしてきた仲間《なかま》を、おれはもうひとつの家族《かぞく》だと思《おも》っている。

学校《がっこう》でクラスメイトといる時間《じかん》は、家《いえ》で家族《かぞく》とすごす時間《じかん》と同《おな》じくらい長《なが》い。そう考《かんが》えると、クラスの仲間《なかま》を家族《かぞく》だと思《おも》うことも大《おお》げさなことじゃない。

こうやってつぎの試合《しあい》にむけて練習《れんしゅう》ができるのも、家族《みんな》が力《ちから》をあわせて困難《こんなん》を乗《の》りこえたからだと、おれは思《おも》っている。

「おはよう！」

「一斗《いっと》も純《じゅん》も、翔太《しょうた》も、はやいな」

やがて、つぎつぎと仲間《なかま》たちがやってくる。

おれはみんなの顔《かお》を見《み》まわしてから、声《こえ》をかける。

「よし、今日《きょう》も朝《あさ》から練習《れんしゅう》だ！　全員《ぜんいん》で、全力《ぜんりょく》で、サッカーをしよう！」

おうッ！

たまに「近所迷惑《きんじょめいわく》」なんて言《い》われるくらいの大声《おおごえ》で、みんなは返事《へんじ》をした。

早朝《そうちょう》から練習《れんしゅう》をはじめて、ほかの学年《がくねん》の子《こ》が学校《がっこう》にくる時間《じかん》になると、みんなの動《うご》きに熱《ねっ》がはいってくる。

「がんばろう！　声《こえ》だして、みんなで盛《も》りあげよう！」

「いいぞ、ナイスプレー！」

おれたちがサッカーをしている姿《すがた》を見《み》て、下級生《かきゅうせい》たちはきまってひそひそとなにかをつぶやいたり、くすくすと笑《わら》ったりしている。

「気《き》にしちゃ、ダメだ。練習《れんしゅう》に集中《しゅうちゅう》！」

おれは、ほおをパシッとたたく。

「一斗《いっと》。いくよ！」

はなれたところでは、純《じゅん》が手《て》をあげている。

「あぁ。こい、純《じゅん》！」

おれの声《こえ》を聞《き》いて、純《じゅん》はボールを真上《まうえ》にけりあげた。

落《お》ちてきたボールに、ふりぬいた足《あし》をヒットさせる。

ドンッ！

目《め》が覚《さ》めるような破裂音《はれつおん》。強烈《きょうれつ》なシュートがむかってくる。

「くっ！」

はじきだそうと手《て》をだすが、逆《ぎゃく》に手《て》がはじかれて、ボールがゴールネットにつきささる。

サッカーを知《し》らない人《ひと》でも一目《ひとめ》でわかる、スーパーゴール。登校中《とうこうちゅう》の下級生《かきゅうせい》たちも、おもわず目《め》をうばわれていた。

「一斗《いっと》！　ボールちょうだい！」

純《じゅん》は、まわりなどまったく気《き》にせずに大《おお》きく手《て》をふっている。

「あぁ、こい！　つぎこそ止《と》めてやる！」

おれがボールをひろいあげているとき、

「やっぱり、純《じゅん》せんぱいはかっこいいね！」

どこからか、女《おんな》の子《こ》の歓声《かんせい》がした。

「でも、あのシュートにさわる一斗《いっと》せんぱいもすごいよな」

そんな男《おとこ》の子《こ》の声《こえ》も聞《き》こえた。

「いいか？　今日《きょう》こそ、これを完成《かんせい》させるぞ！」

「うん！　楽《たの》しみだね！」

きょろきょろとまわりを見《み》ても、だれの声《こえ》なのかわからない。

「一斗《いっと》？　どうしたの？」

「いや、なんでもない」


キーンコーンカーンコーン……


校舎《こうしゃ》から、チャイムが聞《き》こえてきた。

「もう、おしまいか……」

授業《じゅぎょう》がはじまる前《まえ》に、片付《かたづ》けをしなければいけない。みんなはテキパキと片付《かたづ》けをして、校舎《こうしゃ》へと走《はし》っていく。

おれはボールをかかえて、小《ちい》さなコーンを持《も》った純《じゅん》と2人《ふたり》で体育倉庫《たいいくそうこ》にむかう。

「みんな、いつにも増《ま》して練習《れんしゅう》に打《う》ちこんでいたね」

「もちろんだ！」

おれは力強《ちからづよ》くうなずいた。

「試合《しあい》まで、あと1週間《しゅうかん》。時間《じかん》は、いくらあっても足《た》りないからな！」

「つぎは『ジュニアサッカーカップ』の出場権《しゅつじょうけん》をかけた、公式戦《こうしきせん》だもんね。僕《ぼく》も、いまから楽《たの》しみだよ！」

純《じゅん》は、はずんだ声《こえ》でそう言《い》った。

『ジュニアサッカーカップ』は、全国《ぜんこく》のサッカーチームが日本一《にほんいち》をかけて戦《たたか》う、8人制《にんせい》の少年《しょうねん》サッカーの大会《たいかい》。

「FC《エフシー》6年《ねん》1組《くみ》はまだでたことがないけど、大《おお》きな大会《たいかい》なんだよな？」

おれの質問《しつもん》に、純《じゅん》は小《ちい》さくうなずいた。

「『ジュニアサッカーカップ』は、それぞれの『ステージ』を勝《か》ちすすんで、最後《さいご》は全国《ぜんこく》までつながるんだ。……ちょうど、こんな感《かん》じかな」

体育倉庫《たいいくそうこ》の床《ゆか》に、純《じゅん》は小《ちい》さなコーンを4つならべる。

「まずは『地区《ちく》ステージ』。このあたりのいくつかの市《し》から勝《か》ちあがったチームと、試合《しあい》をする」

ならべた4つのコーンの上《うえ》に、また3つ積《つ》みあげていく。

それで、2段《だん》のピラミッドができあがる。

「つぎは『東京《とうきょう》ステージ』。ほかの地区《ちく》で勝《か》ちのこった、かぎられたチームが集《あつ》まるんだ」

純《じゅん》はさらに2つ、コーンをしんちょうにのせた。

コーンでつくられたピラミッド。のこすは、てっぺんだけ。

「そのつぎが『関東《かんとう》ステージ』。ここまでくると、ほかの都道府県《とどうふけん》の強豪《きょうごう》もでてくるよ。

そして……」

純《じゅん》は言葉《ことば》といっしょに、ピラミッドの一番上《いちばんうえ》にひとつ、最後《さいご》のコーンをおいた。

「『全国《ぜんこく》ステージ』。このステージで最後《さいご》まで勝《か》ちのこったチームが、日本一《にほんいち》だ」

「全国《ぜんこく》、か」

FC《エフシー》6年《ねん》1組《くみ》には、夢《ゆめ》のまた夢《ゆめ》のような話《はなし》だ。

そんな気持《きも》ちがつたわったのか、純《じゅん》はおれにむきなおって、やさしげに笑《わら》った。

全国《ぜんこく》ステージ
関東《かんとう》ステージ
東京《とうきょう》ステージ
地区《ちく》ステージ

「先《さき》のことはまだ考《かんが》えないで、まずはつぎの試合《しあい》で大会出場《たいかいしゅつじょう》をきめないとね」

「あぁ！　勝《か》たなきゃ、大会《たいかい》にでることもできない。目《め》の前《まえ》の試合《しあい》に全力《ぜんりょく》をつくす！」

そうだよな？　と、純《じゅん》にたずねる。純《じゅん》は笑顔《えがお》で答《こた》える。

「うん。つぎの試合《しあい》の相手《あいて》……『FC《エフシー》ウィングス』に勝《か》つことをめざそう」

対戦相手《たいせんあいて》のFC《エフシー》ウィングスは毎年《まいとし》『ジュニアサッカーカップ』に出場《しゅつじょう》している、となり町《まち》のクラブチーム。

簡単《かんたん》に勝《か》てる相手《あいて》じゃない、なんてことは、あたりまえだ。

おれは、純《じゅん》に拳《こぶし》をさしだした。

「純《じゅん》。つぎの試合《しあい》も、チームのゴールはまかせろ。おれが、守《まも》ってみせる」

笑顔《えがお》の純《じゅん》も、同《おな》じように拳《こぶし》をつきだす。

「一斗《いっと》。つぎも、僕《ぼく》がゴールをうばってくるよ。僕《ぼく》が、ひっぱってみせる」

そして、2人《ふたり》でこつんと拳《こぶし》をあわせた。

キーンコーンカーンコーン……


その日《ひ》の授業《じゅぎょう》が終《お》わって、放課後《ほうかご》になった。

このチャイムはFC《エフシー》6年《ねん》1組《くみ》の、練習開始《れんしゅうかいし》の合図《あいず》。

おれは真《ま》っ先《さき》に教室《きょうしつ》から外《そと》にでていく。

「はやく、練習《れんしゅう》にいこう!」

みんなも、おれにつづいて教室《きょうしつ》からでていく。

ただ1人《ひとり》教室《きょうしつ》にのこるのは純《じゅん》。今日《きょう》の日直《にっちょく》だった。

「日直《にっちょく》の仕事《しごと》が終《お》わったら、すぐにいくよ」

「わかった!」

おれは純《じゅん》以外《いがい》のメンバーと、校庭《こうてい》にとびだす。すると、あるものが目《め》にはいった。

「な、なんだあれ?」

みんなが指《ゆび》さすのは、校門《こうもん》近《ちか》くのフェンス。

昼《ひる》まではなにもなかったはずのフェンスには、大《おお》きな横断幕《おうだんまく》がはられていた。

その横断幕《おうだんまく》には、こんな言葉《ことば》が書《か》かれていた。


『立《た》ち上《あ》がれ！　立《た》ち向《む》かえ！　戦《たたか》うクラス　ＦＣ《エフシー》６年《ねん》１組《くみ》！』


メンバーみんなで、まじまじと見《み》つめる。

よく見《み》るとうすい布《ぬの》で、ところどころがほつれている。お世辞《せじ》にも、上出来《じょうでき》なんて言《い》えない。

それでも、まぎれもなくＦＣ《エフシー》６年《ねん》１組《くみ》のことを応援《おうえん》してくれているものだった。

「なんなんだ、これ？」

「いったい、だれがこれを？」

みんなの疑問《ぎもん》に答《こた》えるように、うしろから声《こえ》がした。

「おれたちが、つくったんだ！」

ふりかえったところに立《た》っていたのは、ツンツン頭《あたま》の男《おとこ》の子《こ》と、ポニーテールの女《おんな》の子《こ》。

立ち上がれ！立ち向かえ！
戦うクラス
FC6年1組！

今朝《けさ》、おれと同《おな》じ時間《じかん》に登校《とうこう》していた2人組《ふたりぐみ》だった。

「朝《あさ》はやく学校《がっこう》にきて、何日《なんにち》もかけて、完成《かんせい》させたんです！」

「どうだ、おどろいただろ？」

「……2人《ふたり》が、これをつくってくれたのか？」

おれが聞《き》くと、男《おとこ》の子《こ》は笑顔《えがお》でうなずいてから、大《おお》きな声《こえ》で言《い》った。

「おれたちは、FC《エフシー》6年《ねん》1組《くみ》のサポーターだからな！」

「……サポーター……？」

みんなは、きょとんとしている。

見《み》かねて、女《おんな》の子《こ》がていねいな口調《くちょう》で言《い》う。

「サポーターっていうのは、プロのサッカーチームとか、あるひとつのチームを応援《おうえん》している人《ひと》のことです！」

「それは知《し》っているけど……」

いままで試合《しあい》をしては負《ま》けてばかりで、試合会場《しあいかいじょう》ではバカにされてばかりだった、FC《エフシー》6年《ねん》1組《くみ》。

そんなおれたちに、サポーター……？

まだ混乱《こんらん》しているおれたちに、2人《ふたり》は自己紹介《じこしょうかい》をしてくる。

「おれは、一也《かずや》！　4年生《ねんせい》で、近《ちか》くのチームでサッカーをしているんだ！」

「私《わたし》は、二葉《ふたば》です。4年生《ねんせい》です。サッカーはやっていないけど、サッカーを見《み》るのは好《す》きです！」

「それで、サポーターっていうのは、どういうことだ？」

おれの質問《しつもん》に、2人《ふたり》は得意《とくい》そうに笑《わら》った。

「だから、FC《エフシー》6年《ねん》1組《くみ》の試合《しあい》を見《み》にいって、応援《おうえん》しているんだよ！」

「同《おな》じ小学校《しょうがっこう》のせんぱいを応援《おうえん》することは、変《へん》なことじゃないですよ！」

2人《ふたり》のまっすぐな言葉《ことば》は、冷《ひ》やかしには聞《き》こえない。

応援《おうえん》してくれるのは、すごくうれしいけれど、ちょっと照《て》れくさい気持《きも》ちもある。

おれは、また一也《かずや》と二葉《ふたば》にたずねる。

「どうして、FC《エフシー》6年《ねん》1組《くみ》を応援《おうえん》してくれているんだ？」

2人《ふたり》は、胸《むね》をはって答《こた》えた。


「「弱《よわ》いから！」」


「……は？」

おれたちは、言葉《ことば》を失《うしな》った。

「最初《さいしょ》から強《つよ》いチームを応援《おうえん》しても、しょうがないだろ！」

「強《つよ》いチームが勝《か》つことよりも、弱《よわ》いチームが強《つよ》いチームに勝《か》つことのほうが、だんぜんおもしろいじゃないですか！」

一也《かずや》も二葉《ふたば》も、キラキラと目《め》をかがやかせてそう言《い》った。

おれたちをバカにしているつもりはないようだけど、ちょっと傷《きず》つく。

「それだけじゃありません！　朝《あさ》も昼《ひる》も放課後《ほうかご》も、しんけんに練習《れんしゅう》する！　いつでも全力《ぜんりょく》のみなさんには、あこがれているんです！　弱《よわ》いですけど！」

「がんばっている人《ひと》を応援《おうえん》するのは、あたりまえだ！　おれにとってＦＣ《エフシー》６年《ねん》１組《くみ》は、最《さい》高《こう》にかっこいいチームなんだよ！　弱《よわ》いけど！」

そこまで言《い》われると、なんだかうれしい。……最後《さいご》の「弱《よわ》いけど！」がなければ、もっとうれしいけど。

「あとはなんといっても、純《じゅん》せんぱいがいるから！」

「純《じゅん》？」

純《じゅん》の名前《なまえ》がでると、一也《かずや》はいっそう目《め》をかがやかせて、二葉《ふたば》はほおを赤《あか》くする。

「おれも、純《じゅん》せんぱいみたいなストライカーになりたいんだ！」

「私《わたし》はプレーを見《み》て、一目《ひとめ》ぼれしちゃいました……」

どうやら２人《ふたり》とも、天才《てんさい》ストライカー・日向純《ひなたじゅん》のファンみたいだ。

「純《じゅん》せんぱいの活躍《かつやく》を見《み》るためにも、つぎの試合《しあい》も応援《おうえん》にいきます！」

「勝《か》ってくれよな！　おれたちが応援《おうえん》しているんだから！」

「……あぁ、ありがとう」

おれは、2人《ふたり》の頭《あたま》に手《て》をおいた。

一也《かずや》と二葉《ふたば》の横断幕《おうだんまく》は、不恰好《ぶかっこう》だけど大《おお》きくて、その分迫力《ぶんはくりょく》もある。

これだけ応援《おうえん》をされたのは初《はじ》めてで、ちょっとはずかしかったけど……その百倍《ひゃくばい》くらい、うれしかった。みんなも、明《あか》るく笑《わら》っている。

「こんなに大《おお》きなものをつくるなんて、すごいな」

「この応援《おうえん》のおかげで、勝《か》てるような気《き》がするよ」

仲間《なかま》たちが一也《かずや》と二葉《ふたば》に感謝《かんしゃ》をつたえていた、そのとき。

「――そんなもので、勝《か》てるようになるかよ」

ガシャンッ！

明《あか》るいムードをひきさく、けたたましい音《おと》がした。

一也《かずや》と二葉《ふたば》がかざってくれた横断幕《おうだんまく》に、サッカーボールがぶつけられた音《おと》だった。

「なにをするんだ……！」

突然《とつぜん》のことに、みんなはいっせいにボールがとんできた方向《ほうこう》を見《み》る。

犯人《はんにん》は、不敵《ふてき》な笑《え》みをうかべておれたちのうしろに立《た》っている、ジャージ姿《すがた》の少年《しょうねん》だった。

「こんなふぬけたチーム、わざわざ見《み》にくるまでもなかったな」

はねかえったボールを止《と》めたジャージの少年《しょうねん》は、また足《あし》をふりあげる。

「やめろっ！」

おれはどなり声《ごえ》をあげ、ゴールを守《まも》るときのように、横断幕《おうだんまく》の前《まえ》に立《た》つ。

少年《しょうねん》の着《き》ているジャージには、チームの名前《なまえ》が書《か》かれている。

『FC《エフシー》ウィングス』

1週間後《しゅうかんご》の試合《しあい》で『ジュニアサッカーカップ』出場権《しゅつじょうけん》を争《あらそ》うチームだ。

ジャージの少年《しょうねん》は、おれを見《み》てニヤリと笑《わら》った。

「よぉ。弱小《じゃくしょう》FC《エフシー》6年《ねん》1組《くみ》の、神谷一斗《かみやいっと》だな」

「おれのこと、知《し》っているのか？」

少年《しょうねん》は、右目《みぎめ》の下《した》の泣《な》きぼくろを指《ゆび》でひっかく。

「有名《ゆうめい》だぜ？　試合《しあい》に負《ま》けるたびに号泣《ごうきゅう》する、泣《な》き虫《むし》キーパーってな」

それは、負《ま》けてばかりだったFC《エフシー》6年《ねん》1組《くみ》が、バカにされていたときのあだ名《な》。

明《あき》らかに、見下《みくだ》した気持《きも》ちで言《い》っている。

ムッとしながら、おれはたずねる。

「おまえは、だれだ？」

「おれは『FC《エフシー》ウィングス』の二宮佑助《にのみやゆうすけ》。よーく、覚《おぼ》えておいたほうがいいぜ」

二宮《にのみや》と名乗《なの》った少年《しょうねん》に、おれは怒《いか》りをおさえてたずねる。

「……なんで、ボールをぶつけた？」

「いやがらせ。それ以外《いがい》に、理由《りゆう》なんてあるか？」

二宮《にのみや》は、くっくっと笑《わら》っている。

「そんな布切《ぬのき》れに必死《ひっし》になるなよ。みっともないな」

心《こころ》ないことを言《い》われて、頭《あたま》に血《ち》がのぼる。

「この横断幕《おうだんまく》は、大切《たいせつ》なものだ。たのむから、傷《きず》つけないでくれ……！」

おれはどなり声《ごえ》になりそうなのをぐっとこらえて、そう言《い》った。

二宮《にのみや》は口《くち》を閉《と》じて、なにも言《い》わない。するどい目《め》つきで、おれを見《み》ている。

「——だったら、守《まも》ってみろよ」

と、声《こえ》がした。

1人《ひとり》の少年《しょうねん》が、校門《こうもん》をくぐって姿《すがた》をあらわす。

「え……？」

その少年《しょうねん》は、着《き》ているジャージも、目《め》つきも顔《かお》つきも……なにもかも二宮《にのみや》と同《おな》じだった。

同《おな》じ人間《にんげん》が、2人《ふたり》いる……？

「おまえたちは、いったい……？」

おれの言葉《ことば》に、同《おな》じ顔《かお》でニヤニヤ笑《わら》う。

「よーく覚《おぼ》えておけって、言《い》ったばっかりだろ？　おれは、二宮佑助《にのみやゆうすけ》」

「そしておれは、二宮佐助《にのみやさすけ》。おれたちは『FC《エフシー》ウィングス』のダブルエースだ」

「双子《ふたご》の、兄弟《きょうだい》……？」

よく見《み》ると、あとからきた二宮佐助《にのみやさすけ》は、泣《な》きぼくろが左目《ひだりめ》の下《した》にある。

FC
Wings

しかし、それ以外《いがい》のちがいは、まったくわからない。

目《め》をまるくしているおれたちを見《み》ながら、二宮佑助《にのみやゆうすけ》がボールをけりだす。

「いくぞ、佐助《さすけ》！」

「あぁ、佑助《ゆうすけ》！」

同《おな》じタイミングで、二宮佐助《にのみやさすけ》も走《はし》りだす。

2人組《ふたりぐみ》はゆかいそうな笑顔《えがお》で、声《こえ》をそろえてこう言《い》った。

「『おれたちを、止《と》めてみろ！』」

仲間《なかま》たちは、とっさに身《み》がまえる。

「ボールをうばうんだ！　横断幕《おうだんまく》を守《まも》るぞ！」

佑助《ゆうすけ》・佐助《さすけ》のコンビは、流《なが》れるようにボールをまわす。

2人《ふたり》は、おたがいの場所《ばしょ》を見《み》ていない。それにもかかわらず、1ミリのずれもなく、パスは足元《あしもと》にぴったりととどく。

まるで、テレパシーでもつかっているかのようだった。

そして、あっというまに6人《にん》の仲間《なかま》を抜《ぬ》き去《さ》った。

「ほらよっ！」

二宮佑助《にのみやゆうすけ》が、足《あし》をふりぬく。切《き》れ味《あじ》のあるシュートが、一直線《いっちょくせん》に横断幕《おうだんまく》へむかってくる。

「やらせない……っ！」

おれは、精《せい》いっぱい手《て》をのばす。かろうじて、ボールをはじく。

しかし、はじいた先《さき》に、FC《エフシー》ウィングスのジャージが見《み》えた。

「一丁《いっちょう》あがり！」

ボールの位置《いち》を予測《よそく》していた二宮佐助《にのみやさすけ》が、シュートをうつ。

「あっ……！」

手《て》をのばしても、もうとどかない。

ボールが、横断幕《おうだんまく》につきささる。


——ビリッ！

いやな音《おと》がした。

横断幕《おうだんまく》にシュートがあたって、真《ま》っ二《ぷた》つにやぶれてしまった。

「あぁっ！」

「う、うそ……」

一也《かずや》と二葉《ふたば》が息《いき》をのむ。

「この程度《ていど》のシュートでやぶれるなんて」

「おそまつな横断幕《おうだんまく》だな」

二宮佑助《にのみやゆうすけ》、佐助《さすけ》の2人《ふたり》は、わるびれるようすもなく笑《わら》っている。

「こんなことして、なんの意味《いみ》があるんだよ！」

一也《かずや》の言葉《ことば》に、二宮兄弟《にのみやきょうだい》は答《こた》えた。

「意味《いみ》なら、ある」

「力《ちから》の差《さ》を、見《み》せつけた」

ニヤニヤ笑《わら》って、つづける。

「試合《しあい》をする前《まえ》に、はっきりした。おまえたちに、おれたちは止《と》められない」

「あきらめな。『ジュニアサッカーカップ』にでるのは『FC《エフシー》ウィングス』だ」

「…………」

2人《ふたり》を相手《あいて》に、手《て》も足《あし》もでなかったみんなは、なにも言《い》えない。

そのなかで、おれは起《お》きあがる。

二宮兄弟《にのみやきょうだい》をにらみつけて、腹《はら》の底《そこ》から声《こえ》をだす。

「ゆるせない……。おまえたちは、ゆるさないっ！」

怒《いか》りをすべてぶつけるような気《き》持《も》ちで、つづける。

「人《ひと》の気持《きも》ちをふみにじるやつらには、負《ま》けない！」

二宮兄弟《にのみやきょうだい》は、ひるむようすもない。

「まさか、おれたちに勝《か》とうっていうのか？」

「ここまでやって、わからないのか？」

なんと言《い》われたって、かまわない。

応援《おうえん》してくれている一也《かずや》と二葉《ふたば》の気持《きも》ちがこもった横断幕《おうだんまく》にボールをぶつけ、ためらいもなくやぶった。

こんなことをする相手《あいて》には、負《ま》けちゃいけない……！

「まぁ、せいぜいがんばれよ」

「どうせ、ムダだろうけどよ」

そう言《い》いのこして、二宮兄弟《にのみやきょうだい》は学校《がっこう》をあとにした。

のこされたのは、手《て》も足《あし》もでなかった仲間《なかま》たちと、ぼうぜんと立《た》ちつくす一也《かずや》と二葉《ふたば》、そして、むざんにやぶられた横断幕《おうだんまく》だけ。

「――なに、これ」

ぽつり、と小《ちい》さな声《こえ》がした。

おくれてきた純《じゅん》が、目《め》を見《み》ひらいて立《た》っていた。

おれが、起《お》こったことを純《じゅん》につたえる。

「試合前《しあいまえ》に、こんなことをするの……？」

話《はなし》を聞《き》き終《お》えた純《じゅん》の目《め》には、怒《いか》りがうつっていた。

「応援《おうえん》してくれる人《ひと》の気持《きも》ちを、なんだと思《おも》っているんだ……！」

そして、一也《かずや》と二葉《ふたば》はただ涙《なみだ》をこらえて、やぶれた横断幕《おうだんまく》をフェンスからはずしている。

「一也《かずや》、二葉《ふたば》」

おれは、2人《ふたり》にむかって頭《あたま》をさげた。

「……ごめん。守《まも》れなくて」

くちびるを、強《つよ》くかみしめる。いまくらい、自分《じぶん》の弱《よわ》さがいやになったことはない。

だれかを守《まも》れなくて、なにがキーパーだ……！

「せんぱい。顔《かお》あげて」

一也《かずや》はおれに、二葉《ふたば》は純《じゅん》に、小指《こゆび》をつきだしてきた。

「……これは？」

「――指切《ゆびき》り、です」

「あやまらなくっていい。ただ、ぜったい勝《か》つって、約束《やくそく》してくれよ」

2人《ふたり》は、涙《なみだ》をこらえておれたちを見《み》あげている。

「勝《か》ってくれ!」

「約束《やくそく》、してください!」

純《じゅん》が、二葉《ふたば》と小指《こゆび》をつなげた。

「……約束《やくそく》するよ。僕《ぼく》が、ゴールをうばう」

おれも、一也《かずや》と小指同士《こゆびどうし》をからめた。

「おれが、ゴールを守《まも》る」

じんわりと、熱《ねつ》がつたわってきた。

おれは、一也《かずや》と二葉《ふたば》をじっと見《み》すえる。

「2人《ふたり》の気持《きも》ちも、おれたちがぶつけてやる!」

その言葉《ことば》に笑顔《えがお》を見《み》せて、一也《かずや》と二葉《ふたば》は横断幕《おうだんまく》を持《も》って帰《かえ》っていった。

「……負《ま》けられない理由《りゆう》ができたね」

2人《ふたり》の背中《せなか》を見送《みおく》りながら、純《じゅん》は静《しず》かに言《い》う。

「あぁ」

おれは、小指《こゆび》にのこる熱《ねつ》を閉《と》じこめるように、ぎゅっと拳《こぶし》をつくった。

*

日《ひ》がしずんで、ボールが見《み》えなくなってきた。

「――今日《きょう》は、ここまでにしよう」

校庭《こうてい》に座《すわ》るみんなから、返事《へんじ》は聞《き》こえない。

「はぁ、はぁ……」

仲間《なかま》たちは、いつにも増《ま》してつかれていた。

その原因《げんいん》は、気持《きも》ちの面《めん》にあると思《おも》う。

二宮佑助《にのみやゆうすけ》と二宮佐助《にのみやさすけ》の笑《わら》った顔《かお》。

横断幕《おうだんまく》がやぶれる、耳《みみ》ざわりな音《おと》。

そして、やぶれた布《ぬの》をかかえた一也《かずや》と二葉《ふたば》の背中《せなか》。

鮮明《せんめい》にのこっているその記憶《きおく》に、胸《むね》がズキンといたくなる。

みんなは、ぼそぼそと話《はな》しはじめる。

「試合《しあい》までは、あと1週間《しゅうかん》……。もう、時間《じかん》もないのに」

「あの双子《ふたご》を、止《と》められるのかな」

仲間《なかま》たちのなかに、不安《ふあん》がどんどん増《ふ》えていく。

「――はじまる前《まえ》からそんな気持《きも》ちで、どうするんだよ」

純《じゅん》が、低《ひく》い声《こえ》で言《い》った。

「『勝《か》てる』と思《おも》って戦《たたか》って、負《ま》ける試合《しあい》はある。でも『負《ま》ける』と思《おも》って戦《たたか》って、勝《か》てる試合《しあい》はひとつもない」

純《じゅん》の目《め》が、キュッとするどくなった。

「僕《ぼく》は……『勝《か》ちたい』って思《おも》うだけ。相手《あいて》が強《つよ》くても、力《ちから》の差《さ》があっても『勝《か》ちたい』」

みんなは、ちがうの？

いつもにこにこしている純《じゅん》が、きびしい口調《くちょう》でそう言《い》った。

相手《あいて》チームには、7人《にん》がかりでも止《と》められなかった選手《せんしゅ》がいて、圧倒的《あっとうてき》な力《ちから》の差《さ》がある。

——それが、どうした。

応援《おうえん》してくれる人《ひと》がいる。

いっしょに戦《たたか》う仲間《なかま》がいる。

困難《こんなん》に立《た》ちむかう理由《りゆう》は、それだけで十分《じゅうぶん》。

燃《も》えている純《じゅん》の目《め》から、そんな気持《きも》ちがつたわった。

「みんな」

おれは、仲間《なかま》の顔《かお》を1人《ひとり》ずつ見《み》る。

「約束《やくそく》する。ゴールは、おれがかならず守《まも》る。だから、みんなも約束《やくそく》してくれ」

拳《こぶし》をつくって、力強《ちからづよ》く言《い》う。

「なにがあってもあきらめない、って！」

「……当然《とうぜん》だよ」

真《ま》っ先《さき》に返事《へんじ》をしたのは、純《じゅん》だった。

「やる前《まえ》からあきらめたら、勝《か》てる試合《しあい》も勝《か》てないよ」

純《じゅん》は強気《つよき》にそう言《い》って、みんなを見《み》た。
仲間《なかま》たちは、大《おお》きくうなずく。不安《ふあん》や弱気《よわき》な感情《かんじょう》をふっきるようだった。
そして、全員《ぜんいん》が拳《こぶし》を前《まえ》につきだす。8人《にん》で、こつんとあわせた。
「全員《ぜんいん》で、全力《ぜんりょく》で、勝利《しょうり》をつかむんだっ！」
おおうッ！
大声《おおごえ》といっしょに、おれたちは拳《こぶし》をつきあげた。

GOLEADOR

第《だい》2章《しょう》

決戦《けっせん》キックオフ！双子《ふたご》の本気《ほんき》と一斗《いっと》の約束《やくそく》

「たいへんだ！　どこにもいない……！」

試合当日《しあいとうじつ》の朝《あさ》。おれは、頭《あたま》をかかえてさけんだ。

FC《エフシー》6年《ねん》1組《くみ》のメンバーは、電車《でんしゃ》やバスをつかって20分《ぷん》ほどの、となり町《まち》の試合会場《しあいかいじょう》へとやってきた。

おくれたり、場所《ばしょ》をまちがえたりしないように、試合会場《しあいかいじょう》までチームのみんなでいこうときめていた。

それなのに、いま集《あつ》まっているFC《エフシー》6年《ねん》1組《くみ》のメンバーは、7人《にん》。

チームメイトの1人《ひとり》、翔太《しょうた》がいなかった。

「試合《しあい》まで、まだ時間《じかん》はあるけど」

「なにかあったのかな……？」

FC《エフシー》6年《ねん》1組《くみ》には、選手《せんしゅ》が8人《にん》しかいない。

1人《ひとり》でも欠《か》けると、7人《にん》で試合《しあい》にのぞまなければならない。

それに、翔太《しょうた》はクラス1の運動神経《うんどうしんけい》のよさで、みんなに信頼《しんらい》されているメンバーだ。

選手《せんしゅ》が7人《にん》しかいなかったときにも、試合中《しあいちゅう》はだれよりも走《はし》って、チームのピンチを救《すく》ってくれていた。

そんな翔太《しょうた》がいないと、みんなは心配《しんぱい》そうにざわつく。

「とりあえず、もう少《すこ》し待《ま》ってみよう。ちょっとおくれているだけかもしれないし……」

と言《い》っていると、純《じゅん》がおれの肩《かた》をたたいた。

「一斗《いっと》、あれ」

純《じゅん》の指《ゆび》さす方向《ほうこう》は、グラウンドの入《い》り口《ぐち》。

そこで汗《あせ》をぬぐっているのは、チームメイトの翔太《しょうた》だった。

「さ、先《さき》にきていたのか……！」

みんなは、急《いそ》いで翔太《しょうた》と合流《ごうりゅう》する。

「翔太《しょうた》！」

「……おはよう」

翔太《しょうた》はみんなをちらりと見《み》て、あいさつをする。

「なんで、もうきているんだ？」

「心配《しんぱい》したよ……」

「みんなでくるって、きめただろ！」

安心《あんしん》したり、怒《おこ》ったり、みんなはいそがしい。

「まぁまぁ。問題《もんだい》なくそろったんだから、いいじゃん」

みんなをなだめた純《じゅん》が、たずねる。

「先《さき》にきたってことは、お母《かあ》さんが送《おく》ってくれたの？」

翔太《しょうた》は、首《くび》を横《よこ》にふる。

「母《かあ》さんは、今日《きょう》も仕事《しごと》でいそがしい」

「じゃあ、お父《とう》さんが？」

純《じゅん》のその質問《しつもん》に、翔太《しょうた》はまた首《くび》を横《よこ》にふって、答《こた》えた。

「おれ、父《とう》さんはいないから」

転校《てんこう》してきたばかりの純《じゅん》は知《し》らなかったが、翔太《しょうた》の家《いえ》は母親《ははおや》と妹《いもうと》との3人家族《にんかぞく》だ。

おそくまで働《はたら》いているお母《かあ》さんを助《たす》けるために、家《いえ》の掃除《そうじ》や料理《りょうり》などの家事《かじ》をやっている、と聞《き》いたことがある。

いそがしい生活《せいかつ》のはずなのに、翔太《しょうた》は毎日《まいにち》の練習《れんしゅう》には欠《か》かさずきている。

「……それじゃあ、一本《いっぽん》はやい電車《でんしゃ》できたのか？」

おれの質問《しつもん》にも、首《くび》を横《よこ》にふる。

「電車《でんしゃ》もバスも、乗《の》るときはタダじゃないだろ。今月《こんげつ》はあんまり、お金《かね》に余裕《よゆう》がないみたいだから」

「だったら、どうやって？」

おれが聞《き》くと、翔太《しょうた》は平然《へいぜん》と言《い》った。

「家《いえ》から走《はし》って、ここまできた」

みんなは、あんぐりと口《くち》を開《あ》けた。

「は、走《はし》って？」

「5キロ以上《いじょう》はあるのに……」

「なんで、そんなことを？」

みんなが聞《き》くと、翔太《しょうた》はくちびるをほとんど動《うご》かさないで、ぼそぼそと答《こた》える。

「試合前《しあいまえ》の、ウォーミングアップになると思《おも》って」

「そんなことしたら、試合《しあい》のときに体力《たいりょく》が……！」

「体力《たいりょく》が、なんだよ？」

翔太《しょうた》は、首《くび》をかしげる。

「いや……なんでもない」

運動神経《うんどうしんけい》バツグンの翔太《しょうた》が一番得意《いちばんとくい》としているのは、持久走《じきゅうそう》。

いまも、となり町《まち》まで走《はし》ってきたのに、まったくつかれているように見《み》えない。

さすがだ……と、みんなはおどろくしかなかった。

しばらくして、大《おお》きな荷物《にもつ》をかかえた女《おんな》の子《こ》が合流《ごうりゅう》した。

「みんなー！　おくれてごめんね！」

そのジャージ姿《すがた》の女《おんな》の子《こ》は、クラスメイトの白川円香《しらかわまどか》。FC《エフシー》6年《ねん》1組《くみ》で、マネージャーをしている。

大《おお》きな荷物《にもつ》をかかえている円香《まどか》に、仲間《なかま》たちはあわててかけ寄《よ》る。

「円香《まどか》、だいじょうぶか？」

「まだ体調《たいちょう》はよくないんだろ？」

荷物《にもつ》を持《も》って走《はし》ることさえみんなが心配《しんぱい》する理由《りゆう》は、円香《まどか》は生《う》まれつき体《からだ》が弱《よわ》いから。はげしい運動《うんどう》を禁止《きんし》されていて、サッカーもやったことはない。クラスメイトだが、選手《せんしゅ》としてFC《エフシー》6年《ねん》1組《くみ》に参加《さんか》はできない。

それでも円香《まどか》は「チームの力《ちから》になることはできる！」と、道具《どうぐ》の準備《じゅんび》やケガの手当《てあ》てなどをしてくれている。

選手《せんしゅ》ではなくても、大切《たいせつ》なチームメイトだ。

「平気《へいき》だってば！　寝《ね》こんでいたのは昨日《きのう》までだし……私《わたし》だって、ただ休《やす》んでいたわけじゃないからね！」

そう言《い》って、円香《まどか》はかかえていた袋《ふくろ》をひらいた。

青《あお》と赤《あか》の「FC《エフシー》6-1」と書《か》かれたユニフォームはピカピカで、まるで新品《しんぴん》のようだった。

「これって……？」

「みんなのユニフォームを洗濯《せんたく》しなおして、ほつれていたところもなおしておいたよ！」

おぉ、とみんなが歓声《かんせい》をあげる。

「全員《ぜんいん》の分《ぶん》を、やってくれたのか？」

「うん！『ジュニアサッカーカップ』出場《しゅつじょう》をかけた大一番《おおいちばん》に、気合《きあ》いがはいると思《おも》って！」

円香《まどか》は腰《こし》に手《て》をあてて、得意《とくい》げに言《い》った。

「これも、マネージャーの仕事《しごと》だからね！」

「ありがとう、円香《まどか》！」

おれは、その袋《ふくろ》を円香《まどか》にわたされた。

「じゃあ、一斗《いっと》。みんなに配《くば》ってくれる？」

「わかった！」

順番《じゅんばん》に、ユニフォームをわたす。

背番号《せばんごう》2番《ばん》、田上蓮《たがみれん》。

クラスで一番《いちばん》背《せ》が高《たか》くて、ユニフォームもひとまわり大《おお》きい。

「たのむぞ、蓮《れん》！」

「うん。チームのためにできることを、精《せい》いっぱいやるよ」

蓮《れん》は、やさしげに笑《わら》ってそう宣言《せんげん》した。

背番号《せばんごう》3番《ばん》、篠原大和《しのはらやまと》。

「大和《やまと》も、全力《ぜんりょく》でがんばろうな！」

「うん！　ちゃんと守《まも》って、一斗《いっと》の力《ちから》になるよ！」

ユニフォームを、まるで賞状《しょうじょう》をもらうときのように受《う》けとる。チームのだれよりもまじめな、大和《やまと》らしい。

背番号《せばんごう》4番《ばん》、杉本学《すぎもとまなぶ》。

「学《まなぶ》！　いままでの努力《どりょく》を見《み》せてやろう！」

「ミスするかもしれないけど、がんばるよ！」

ユニフォームをもらいにくるときに、石《いし》につまずいてころんでしまうくらい、運動神経《うんどうしんけい》はよくない。

でも、みんなが認《みと》める努力家《どりょくか》。サッカーが苦手《にがて》だろうと、かけがえのない仲間《なかま》の1人《ひとり》だ。

背番号《せばんごう》5番《ばん》、瀬尾陽介《せおようすけ》。

「陽介《ようすけ》はいつもどおり、前向《まえむ》きでいてくれ」

「まかせろって！」

もらったユニフォームを、肩《かた》にかけてマントのようにする。そして、ヒーローのようなポーズをとる。

「気持《きも》ちだけなら、だれにも負《ま》けねぇよ！」

お調子者《ちょうしもの》で、ムードメーカー。どんな状況《じょうきょう》でも前向《まえむ》きで、みんなを明《あか》るくしてくれる。

背番号《せばんごう》6番《ばん》、中沢勇気《なかざわゆうき》。

小学校《しょうがっこう》では児童会長《じどうかいちょう》もやっている、みんなの信頼《しんらい》が厚《あつ》いリーダー。

「みんなをささえてくれよ、キャプテン」

「あぁ。まかせてくれ」

そう言《い》った勇気《ゆうき》は、ユニフォームの「FC《エフシー》6-1」という文字《もじ》を、ぎゅっとにぎる。

キャプテンとしてチームを背負《せお》う気持《きも》ちが、見《み》ているだけでつたわってきた。

背番号《せばんごう》7番《ばん》、久野翔太《くのしょうた》。

「翔太《しょうた》。たよりにしているからな！」

「……あぁ」

おれの言葉《ことば》にも、クールに答《こた》える。

でも、ユニフォームを見《み》る目《め》はギラギラとかがやいている。やる気《き》は十分《じゅうぶん》みたいだ。

最後《さいご》に、背番号《せばんごう》10番《ばん》、日向純《ひなたじゅん》。

「おれがゴールを守《まも》る。だから、前《まえ》はまかせるぞ、純《じゅん》」

ユニフォームをわたしてから、おれは拳《こぶし》をさしだした。

「僕《ぼく》がゴールをうばう。だから、うしろはまかせるよ、一斗《いっと》」

純《じゅん》も、同《おな》じように拳《こぶし》をだして、こつんとつきあわせた。


みんながユニフォームに着《き》がえた。試合開始《しあいかいし》の時間《じかん》は、だんだん近《ちか》づいてきている。

「そろそろ、はじまるな……」

勇気《ゆうき》の声《こえ》に、空気《くうき》がピリッとひきしまる。

「みんな、緊張《きんちょう》している？」

純《じゅん》は、にこにこ笑《わら》いながらそう言《い》った。

仲間《なかま》たちは、いっせいに胸《むね》に手《て》をあてた。おそらく手《て》のひらをはねかえすくらい、心臓《しんぞう》がバクバクしているのだろう。

というか……おれだってそうだ。

「うん、緊張《きんちょう》しまくってる」

「大会出場《たいかいしゅつじょう》も、かかっているし……」

みんなは口々《くちぐち》に言《い》う。

「あはは。僕《ぼく》も、緊張《きんちょう》しているよ」

仲間《なかま》の言葉《ことば》を聞《き》いて、純《じゅん》は満面《まんめん》の笑《え》みを見《み》せる。緊張《きんちょう》しているって、本当《ほんとう》かよ……？

「でも……適当《てきとう》に練習《れんしゅう》をしてきた人《ひと》は、緊張《きんちょう》なんてしないよ」

笑顔《えがお》のまま、純《じゅん》は腕《うで》をひろげる。

「これまで、全員《ぜんいん》で必死《ひっし》に練習《れんしゅう》してきた積《つ》みかさねがあるから、うまくできるかどうか、心配《しんぱい》になるんだ」

この緊張《きんちょう》は、練習《れんしゅう》を積《つ》みあげてきた証《あかし》。

そう思《おも》うと、体《からだ》が少《すこ》しだけ軽《かる》くなった気《き》がした。

「……そうだ」

おれが声《こえ》をだす。

「この1週間《しゅうかん》、おれたちは勝《か》つための努力《どりょく》をしてきた」

朝《あさ》はいつもよりはやく学校《がっこう》にきて、放課後《ほうかご》はいつもよりおそくまで学校《がっこう》にのこっていた。

まさに、サッカー三昧《ざんまい》の1週間《しゅうかん》。

体《からだ》が限界《げんかい》だと感《かん》じたことも、気持《きも》ちが折《お》れそうになったことも、何度《なんど》もあった。

でも、だれ1人《ひとり》くじけることなく、試合《しあい》をむかえられた。

チームメイトとしても、クラスメイトとしても、みんなといっしょにいたから、ささえることができたし、ささえてもらうことができた。

「相手《あいて》は強《つよ》い。でも、おれたちだって、1週間前《しゅうかんまえ》のままじゃない。……そうだろ、みんな?」

おれが同意《どうい》を求《もと》める。みんなは胸《むね》に手《て》をそえながら、こくっとうなずく。

「じゃあ、いままでの練習《れんしゅう》を、ここでぶつけてやろうよ」

純《じゅん》が、笑顔《えがお》でしめくくった。

おれは、息《いき》を大《おお》きく吸《す》いこむ。

「FC《エフシー》6年《ねん》1組《くみ》……いくぞっ!」

おうッ!

みんなの声《こえ》が、ひとつにそろった。

FC6年1組
10
日向《ひなた》 純《じゅん》
5
瀬尾《せお》 陽介《ようすけ》
6
中沢《なかざわ》 勇気《ゆうき》
7
久野《くの》 翔太《しょうた》
3
篠原《しのはら》 大和《やまと》
2
田上《たがみ》 蓮《れん》
4
杉本《すぎもと》 学《まなぶ》
V.S.
エフシーウイングス
1
神谷《かみや》 一斗《いっと》

フェンスに囲《かこ》まれたグラウンドに、足《あし》をふみいれる。

「勝《か》てー！　ウィングスー！」

「相手《あいて》は弱小《じゃくしょう》の、FC《エフシー》6年《ねん》1組《くみ》だからな！」

「最低《さいてい》でも、5点差《てんさ》はつけろよ！」

グラウンドのまわりは、応援《おうえん》にきている人《ひと》たちであふれていた。

となり町《まち》の会場《かいじょう》ということもあって、相手《あいて》チームの応援《おうえん》一色《いっしょく》だ。

「相手《あいて》に囲《かこ》まれているみたいだ」

「やりにくいな……」

みんなは、まわりを見《み》てつぶやく。

「応援《おうえん》の数《かず》で、試合《しあい》はきまらないよ」

そのなかでも堂々《どうどう》と胸《むね》をはっている純《じゅん》は、みんなをおちつかせるように言《い》う。

「そうだけど……」

「僕《ぼく》たちが勝《か》ったら、一気《いっき》に静《しず》かになるんだ。そう考《かんが》えると、いまから楽《たの》しみだよ！」

純《じゅん》は、いつでも強気《つよき》だ。だからこそ、先頭《せんとう》でみんなをひっぱってくれている。

「それに、相手《あいて》の応援《おうえん》だけじゃないよ。……ほら、あそこ」

純《じゅん》の指《ゆび》がさす先《さき》は、フェンスの一角《いっかく》。

「FC《エフシー》6年《ねん》1組《くみ》ー！　がんばれー！」

「純《じゅん》せんぱい！　ゴールをきめてください！」

聞《き》き覚《おぼ》えのある声《こえ》が聞《き》こえてきた。

「一也《かずや》！　二葉《ふたば》！」

自分《じぶん》たちを「FC《エフシー》6年《ねん》1組《くみ》のサポーター」と言《い》っている、一也《かずや》と二葉《ふたば》。2人《ふたり》とも頭《あたま》には「必勝《ひっしょう》！」と書《か》かれたハチマキまで巻《ま》いている。

そして2人《ふたり》の頭上《ずじょう》のフェンスには、真《ま》っ二《ぷた》つにされた横断幕《おうだんまく》がはられていた。

ボールのあとはまだのこっていて、やぶられたところは、つぎはぎでつなげている。

泥《どろ》だらけで、つぎはぎだらけ。さらに不恰好《ぶかっこう》になってしまっていた。

でも、どんなに立派《りっぱ》な横断幕《おうだんまく》よりも、おれたちの背中《せなか》をおしてくれる。そんな気《き》がした。

「約束《やくそく》、守《まも》ってくれよ！」

「信《しん》じています！」

そんな声《こえ》が、おれたちにとどく。

2人《ふたり》と「ぜったい勝《か》つ」と約束《やくそく》をした指切《ゆびき》りを思《おも》いだした。

指先《ゆびさき》が、じわりと熱《あつ》くなった。


ピピッ！


短《みじか》いホイッスルがなる。相手《あいて》の選手《せんしゅ》たちは、もうグラウンドの中心《ちゅうしん》に集《あつ》まっている。

「僕《ぼく》たちを応援《おうえん》してくれている人《ひと》も、しっかりいるんだ。応援《おうえん》っていうのは、数《かず》じゃなくて気持《きも》ちだよ」

純《じゅん》の言葉《ことば》に、グラウンドにむかうみんながこくっとうなずく。

「——約束《やくそく》は守《まも》るものだよな」

「うん。そうだね」

おれと純《じゅん》は、一也《かずや》と二葉《ふたば》にむけて拳《こぶし》をつきだした。

おれは、ゴールの前《まえ》で自分《じぶん》のほおをパシッとたたく。

グラウンドに、みんなが散《ち》らばっている。

あとは、試合開始《しあいかいし》の笛《ふえ》がならされるのを、待《ま》つばかりだ。

むかいあうのは、強豪《きょうごう》クラブチーム、FC《エフシー》ウィングス。

ボールの前《まえ》に立《た》っているのは、泣《な》きぼくろ以外《いがい》にちがいがまったくない、双子《ふたご》の兄弟《きょうだい》。

「二宮佑助《にのみやゆうすけ》、二宮佐助《にのみやさすけ》……！」

相手《あいて》のダブルエースは、おれたちを見《み》て、同時《どうじ》に鼻《はな》をならした。

「あれだけ力《ちから》の差《さ》を見《み》せてやったのに」

「まだあきらめていないみたいだな」

泣《な》きぼくろをひっかくタイミングも、そろっている。

「試合《しあい》をする前《まえ》から、あきらめるわけないでしょ？」

二宮兄弟《にのみやきょうだい》の近《ちか》くにいた純《じゅん》が、そう言《い》いかえした。

ちらりと純《じゅん》を見《み》てから、二宮佑助《にのみやゆうすけ》がボールに足《あし》をおく。

「おれたちが見《み》すえているのは、『ジュニアサッカーカップ』だけだ」

ならんで立《た》っている二宮佐助《にのみやさすけ》も、するどい目《め》つきになっている。

「この試合《しあい》は、通過点《つうかてん》にすぎない」

毎年《まいとし》『ジュニアサッカーカップ』に出場《しゅつじょう》をしているFC《エフシー》ウィングス。

相手《あいて》は、この試合《しあい》に負《ま》けることなんて、想像《そうぞう》もしていないだろう。

「――おれたちはまだ、先《さき》のことなんて考《かんが》えられない」

一方《いっぽう》でFC《エフシー》6年《ねん》1組《くみ》は、少《すこ》し前《まえ》までは試合《しあい》に勝《か》つこともできなかったチーム。

でも……だからこそ。

「目《め》の前《まえ》の戦《たたか》いに、すべてをかける。それだけだ！」

ゴールの前《まえ》にいるおれと、ボールの前《まえ》にいる二宮兄弟《にのみやきょうだい》。

たがいをまっすぐ見《み》つめたまま、同時《どうじ》に言《い》った。

『勝《か》つのは、おれたちだ！』


ピーッ！

審判《しんぱん》の笛《ふえ》がなる。試合開始《しあいかいし》だ。

負《ま》けられない、負《ま》けちゃいけない戦《たたか》いが、はじまった――！

FC《エフシー》ウィングスのキックオフ。

おれはうしろから、みんなに声《こえ》をかける。

「まずは、しっかり守《まも》って……」

言葉《ことば》が終《お》わる前《まえ》に、二宮兄弟《にのみやきょうだい》が走《はし》りだした。

「いかせないっ！」

仲間《なかま》たちが立《た》ちふさがる。

止《と》まった二宮兄弟《にのみやきょうだい》は、2人《ふたり》で目《め》をあわせた。

「いけるな！」

「あたりまえ！」

そう言《い》ってから2人《ふたり》はそろって、まぶたを閉《と》じた。

「え？」

試合中《しあいちゅう》に、目《め》を閉《と》じた……？

突然《とつぜん》のことに、みんなは面食《めんく》らう。

対《たい》する二宮兄弟《にのみやきょうだい》は、目《め》を閉《と》じたまま、おれたちのゴールにむかって攻《せ》めこんでくる。

「こっちだ、佐助《さすけ》！」

「オッケー、佑助《ゆうすけ》！」

ポン、ポン、ポン……！

目《め》を閉《と》じているはずなのに、スピードに乗《の》ったパスは、少《すこ》しもずれていない。

「止《と》めるんだ！」

勇気《ゆうき》が中心《ちゅうしん》になって、仲間《なかま》たちはボールを追《お》いかける。

しかし二宮兄弟《にのみやきょうだい》は風《かぜ》のようにかけぬけて、みんなを抜《ぬ》き去《さ》ってしまった。

「うそだろ……！」

のこったのはおれ1人《ひとり》。

カッ、と目《め》を見《み》ひらく、二宮佑助《にのみやゆうすけ》。

「いけえっ！」

急《いそ》いでもどってきた純《じゅん》が足《あし》をだして、シュートをふせいだ。

FC Wings 8
FC Wings 9
FC6-1 5

はずれたボールは、グラウンドを囲《かこ》むフェンスをこえた。

スピードだけじゃない。パワーも、1週間前《しゅうかんまえ》に見《み》たときよりもはるかに上《うえ》だった。

「……ちっ」

二宮兄弟《にのみやきょうだい》は、2人《ふたり》で舌打《したう》ちをする。

まだはじまって、1分《ぷん》もたっていない。それでも、みんなが理解《りかい》した。

1週間前《しゅうかんまえ》よりも、ずっと強《つよ》い……！

みんなの表情《ひょうじょう》を見《み》て、二宮兄弟《にのみやきょうだい》は言《い》った。

「……まさか、1週間前《しゅうかんまえ》のおれたちが」

「本気《ほんき》だったとでも、思《おも》ったのか？」

びし、と指《ゆび》をつきつけて、2人《ふたり》で声《こえ》をそろえた。

「「かくごしろよ、FC《エフシー》6年《ねん》1組《くみ》」」

試合《しあい》がはじまって、数分《すうふん》。

FC《エフシー》6年《ねん》1組《くみ》は、ピンチがつづいている。

相手《あいて》チームは、どんどんとボールを二宮兄弟《にのみやきょうだい》に集《あつ》めて、ゴールにせまってくる。

「集中《しゅうちゅう》をきらすな！　いまは、たえる時間《じかん》だ！」

おれたちは、全員《ぜんいん》でなんとか守《まも》りきっている。ストライカーの純《じゅん》まで、いまは守《まも》りに追《お》われている。

しかし全員《ぜんいん》で守《まも》っても、二宮兄弟《にのみやきょうだい》のパスを止《と》めることができない。

さらに、二宮兄弟《にのみやきょうだい》の本気《ほんき》はそれだけではなかった。

「……よし！　今度《こんど》は、こっちの番《ばん》だ！」

おれは、とったボールをすぐに投《な》げる。

「たのむぞ、純《じゅん》！」

ボールは、純《じゅん》の足元《あしもと》にピタリとおさまった。

「まかせてっ……！」

しかし、すぐにピタリと止《と》まった。

純《じゅん》の目《め》の前《まえ》にいるのは……二宮兄弟《にのみやきょうだい》。

「ここから先《さき》は」

「いかせないぜ」

2人《ふたり》に囲《かこ》まれて、純《じゅん》は動《うご》けなくなってしまう。

ダブルエース、と言《い》っていた二宮兄弟《にのみやきょうだい》は、守《まも》りも一級品《いっきゅうひん》だった。

一糸乱《いっしみだ》れぬコンビネーションで、動《うご》きを完全《かんぜん》に止《と》めてしまう。

2人《ふたり》に囲《かこ》まれても、いつもはスルスルと抜《ぬ》いていく純《じゅん》が、前《まえ》をむくこともできなかった。

「純《じゅん》が、あんなに苦戦《くせん》するなんて……」

ボールが外《そと》にでた、そのとき。

「負《ま》けるなよ、FC《エフシー》6年《ねん》1組《くみ》！」

そんな声《こえ》が聞《き》こえた。

声《こえ》がとんできた方向《ほうこう》を見《み》る。フェンスにしがみついた一也《かずや》が、まわりの応援《おうえん》をかき消《け》すような大声《おおごえ》をだしていた。

「FC《エフシー》6年《ねん》1組《くみ》のクラスメイトは、家族《かぞく》なんだろ！　家族《かぞく》の力《ちから》で、乗《の》りこえてくれよ！」

「……クラスメイトは」

「……家族《かぞく》？」

一也《かずや》の言葉《ことば》に、二宮兄弟《にのみやきょうだい》がけげんそうにおれたちにむきなおった。

「おまえたちが、家族《かぞく》？　冗談《じょうだん》だろ」

「そんなの、ただの家族《かぞく》ごっこだろ」

明《あき》らかに、バカにした口調《くちょう》だった。

「そんなことないっ！」

おれが言《い》いかえすと、2人《ふたり》して首《くび》を横《よこ》にふった。

「おまえたちがいっしょにいるのは、学校《がっこう》のクラスのなかだけ」

「おれたち2人《ふたり》は、生《う》まれてからいままで、ずっといっしょだ」

そこで、試合《しあい》が再開《さいかい》する。二宮兄弟《にのみやきょうだい》のもとにボールがとどいた。

「考《かんが》えていることも」

「思《おも》っていることも」

「「手《て》にとるようにわかる」」

たがいの目《め》を見《み》ることもなくパス交換《こうかん》をして、ゴールにせまってくる。

「おまえたちに、こんなことはできないだろ？」

そう言《い》いながら、二宮佑助《にのみやゆうすけ》がシュートをうった。

コースを読《よ》んでとびこもうとしたとき、もう1人《ひとり》がシュートコースにあらわれた。

「まねごとは、本当《ほんとう》の家族《かぞく》にはかなわないんだよ」

二宮佐助《にのみやさすけ》が、シュートに足《あし》をあてた。とびこんだほうと逆《ぎゃく》に、ボールがむかう。

「――ちがう！」

おれは、体勢《たいせい》をむりやりなおす。反対方向《はんたいほうこう》にとぶボールにむかって、体《からだ》を投《な》げだした。

「家族《かぞく》ごっこなんかじゃ……ない！」

ボールをおしだすようにはじいた。

「ぐっ――！」

着地《ちゃくち》のことまでは考《かんが》えられず、ゴロゴロころがって、ゴールポストにあたって止《と》まった。

起《お》きあがれないおれの目《め》の前《まえ》に、二宮兄弟《にのみやきょうだい》がいた。

「失点《しってん》も、時間《じかん》の問題《もんだい》だ」

「そんなに、無理《むり》するなよ」

そして、2人《ふたり》は声《こえ》をそろえた。

「『どうせ、負《ま》けるのはおまえたちだ』」

「……いいや、負《ま》けない」

おれは、ゴールポストに手《て》をおいて、ゆっくり体《からだ》を起《お》こす。

「みんなのゴールは、おれが守《まも》る。家族《かぞく》を守《まも》るって、約束《やくそく》したんだ……！」

約束《やくそく》。

そう。約束《やくそく》だった。

ずっと昔《むかし》の、キーパーになるきっかけになった、約束《やくそく》――。


「いやだ！　いかないでっ！」

おれがまだ、幼稚園《ようちえん》にかよっていたころのこと。

父《とう》さんが単身赴任《たんしんふにん》で、家族《かぞく》とはなれることになってしまった。

おれは、父《とう》さんが家《いえ》をでていってしまって、二度《にど》ともどってこないと思《おも》って、出発《しゅっぱつ》の日《ひ》に父《とう》さんの足《あし》にしがみついて、わんわん泣《な》いた。

「もう泣《な》くな、一斗《いっと》。幼稚園《ようちえん》のみんなに、笑《わら》われちゃうぞ？」

そんな言葉《ことば》も耳《みみ》にいれないかのように、必死《ひっし》に首《くび》をふる。

「やだ、おいていかないで！」

息《いき》をついてから、父《とう》さんはしゃがみこんだ。

「……じゃあ、一斗《いっと》。父《とう》さんといっしょにくるか？」

父《とう》さんは、おれの目《め》をまっすぐ見《み》つめた。

「父《とう》さんだって、家族《かぞく》とはなれるのはつらい。だから、いっしょにくるか？」

うなずきかけたとき、父《とう》さんは「ただ」とつづけた。

「いっしょにいくんだったら……みんなと、おわかれすることになるんだぞ？」

「あ……」

おれは、幼稚園《ようちえん》でいっしょの仲間《なかま》の顔《かお》を思《おも》いだした。

「みんなとはなればなれになっても、いいのか？」

「………」

数回《すうかい》、おれは首《くび》を横《よこ》にふった。

「そうだよな。大切《たいせつ》な仲間《なかま》だもんな」

父《とう》さんは、ひょいっとおれを持《も》ちあげて、目《め》と目《め》をあわせた。

「さみしいかもしれないけど、父《とう》さんのかわりに、一斗《いっと》が家族《かぞく》を守《まも》るんだ。いいな？」

「……うん」

はなをすすりながら、おれはなんとかうなずいた。

父《とう》さんは、太陽《たいよう》のように明《あか》るく笑《わら》って、おれの頭《あたま》をわしゃわしゃとなでた。

「じゃあ、いってくるよ」

そう言《い》って、父《とう》さんはおれに、ボールを投《な》げた。

それは初《はじ》めて買《か》ってくれた、サッカーボールだった。

「このボールが、父《とう》さんのかわりだ。一斗《いっと》がサッカーを好《す》きでいるかぎり、父《とう》さんは一斗《いっと》のそばにずっといる」

そう言《い》いのこして、父《とう》さんはいってしまった。

最後《さいご》の言葉《ことば》は、おれの心《こころ》のなかにのこっていた。

サッカーをしていれば、父《とう》さんがずっといっしょにいてくれる。

そう思《おも》いながら、毎日《まいにち》ボールを追《お》いかけていた。

「みんな！　今日《きょう》も、サッカーしよう！」

その日《ひ》もおれは、仲間《なかま》たちを公園《こうえん》につれだして、サッカーをしていた。

「待《ま》てよ、一斗《いっと》！」

「はやいよ〜」

そのころは、ただみんなとボールをけっていた。

気《き》が弱《よわ》いけどやさしい蓮《れん》。

おれのうしろにくっついている大和《やまと》。

すぐに泣《な》いてしまう学《まなぶ》。

明《あか》るくてちょっとうるさい陽介《ようすけ》。

みんなをまとめる勇気《ゆうき》。

いつも無口《むくち》な翔太《しょうた》。

この仲間《なかま》たちとサッカーをやっているだけで、楽《たの》しかった。

しかしその日《ひ》、公園《こうえん》でサッカーをしていたら、いきなり、ドン！　と、背中《せなか》になにかがあたった。

「いっ！」

よろけながらうしろを見《み》ると、おれたちよりもひとまわりもふたまわりも背《せ》が高《たか》い、数《すう》人《にん》の小学生《しょうがくせい》が立《た》っていた。

「じゃまだよ、おまえら」

先頭《せんとう》に立《た》っていたリーダーらしい人《ひと》は、はねかえったボールを止《と》めて、そう言《い》った。

「おれたちがここで練習《れんしゅう》するんだ」

そのリーダーは、ボールをころがしてから、足《あし》をふりあげた。

「ボールをぶつけられたくなきゃ、どけ」

そこで、ボールをけるふりをした。おびえるみんなを見《み》て、くすくすと笑《わら》っていた。

「ほら、わかったらさっさと……」

「いやだ！」

おれは、とっさにさけんだ。

「みんなでいっしょにやればいいじゃん！」

「はぁ？　おまえらとやっても、意味《いみ》ないだろ」

「でも、人数《にんずう》が多《おお》いほうが、サッカーは楽《たの》しいでしょ！　いっしょに、サッカーやってよ！」

「……めんどくせぇ」

小学生《しょうがくせい》たちは、今度《こんど》は本当《ほんとう》にボールをけった。

いくつものボールが、みんなにおそいかかってきた。

「いたいっ！」

「やめて……！」

おびえきったみんなの声《こえ》が耳《みみ》にはいる。

そのあとは、考《かんが》えるよりも先《さき》に、体《からだ》が動《うご》いた。

「やめろっ！」

おれは、みんなの前《まえ》で腕《うで》をひろげた。

「みんなを傷《きず》つけるな！」

正直《しょうじき》、こわかった。手《て》もひざも、ふるえていた。

それでも、うしろにはみんながいた。

『一斗《いっと》が家族《かぞく》を守《まも》るんだ』

心《こころ》のなかでは、父《とう》さんの言葉《ことば》が響《ひび》いていた。

であってから、毎日《まいにち》のようにいっしょにいる仲間《なかま》たち。

父《とう》さんとは、はなればなれになってしまった。でも、みんなはいつも、おれといっしょにいてくれる。

みんなが生《う》まれ育《そだ》った家《いえ》は、一人一人《ひとりひとり》ちがう。それでも……

「みんなも、家族《かぞく》だ。家族《かぞく》は、おれが守《まも》るんだ……！」

おれは、何度《なんど》ボールをぶつけられて、どれだけボロボロになっても、たおれなかった。

たおれたら、みんなを守《まも》れない。そんな気力《きりょく》だけで、おれは立《た》っていた。

「くそ、うっとうしいな……」

と、ぶつぶつ文句《もんく》を言《い》うリーダー。

その横《よこ》にいた人《ひと》が、ひそひそと耳打《みみう》ちをする。にやっと笑《わら》ったリーダーは、ボールをひろいあげた。

それは、おれのサッカーボールだった。

「……それじゃあ、このボールをつかって、いっしょにサッカーするか」

「ほんとっ？」

おれは、笑顔《えがお》で小学生《しょうがくせい》たちを見《み》あげた。

「あぁ。このボールをつかってな」

つぎの瞬間《しゅんかん》、リーダーはおれのボールを、いきおいよくけりあげた。

ボールは大《おお》きくとんで、公園《こうえん》のうらの森《もり》にはいってしまった。

「あぁっ！」

「さっさとさがしにいってこい」

「あのボールじゃなきゃ、いっしょにサッカーしてやらないからな」

小学生《しょうがくせい》たちは意地《いじ》わるく笑《わら》って、自分《じぶん》たちだけでサッカーをはじめた。

おれはいっさいためらわず、森《もり》にはいっていった。

「一斗《いっと》！」

「1人《ひとり》でいくと、あぶないよ！」

仲間《なかま》の声《こえ》も、聞《き》こえていなかった。

「あのボールは、なくしちゃダメなんだ。ぜったい、見《み》つけなきゃ……！」


「ない、ない……」

首《くび》の高《たか》さまである草《くさ》や太《ふと》い木《き》でいっぱいの森《もり》で、おれは半《はん》べそをかきながら、ボールをさがしていた。

もう何時間《なんじかん》もたった気《き》がした。それでも、見《み》つけるまで帰《かえ》るつもりはなかった。

「一斗《いっと》……」

急《きゅう》に肩《かた》をたたかれる。びっくりしてふりかえると、みんなが立《た》っていた。

「こんなにさがしたんだ」

「もう、見《み》つからないよ」

みんなは、暗《くら》い顔《かお》で言《い》う。

「ボールなら、また買《か》ってもらえば……」

「ダメだ！」

おれは、ぴしゃりと言《い》った。

かわりなんてない。あのボールじゃなきゃ、ダメなんだ。

「父《とう》さんに初《はじ》めて買《か》ってもらった、ボール。父《とう》さんのかわり……！」

涙《なみだ》は、ぐっとこらえた。

「世界《せかい》でたったひとつの、大切《たいせつ》なボールなんだ！」

おれは、またさがしはじめた。見《み》つかるまで、ずっとずっとさがしつづける。

本気《ほんき》でそう思《おも》っていた。

「………」

すぐにとなりにきて、手伝《てつだ》ってくれたのは、翔太《しょうた》だった。

そのころから口数《くちかず》の少《すく》なかった翔太《しょうた》は、おれのとなりで草木《くさき》をかきわけはじめる。

「――見《み》つけないと、いけないいな」

翔太《しょうた》は、くちびるをほとんど動《うご》かさないで、ぼそぼそと言《い》った。

「父《とう》さんがいないのは、さみしいもんな」

「え？」

「……なんでもない」

翔太《しょうた》はそっぽをむいて、それっきりなにも言《い》わなかった。

つづいてみんなも、ボールさがしを再開《さいかい》した。

「わかったよ」

「こうなったら、意地《いじ》でも見《み》つけてやる！」

「……ありがとう、みんな」

それから、みんなで泥《どろ》だらけに

なりながら、おれのボールをさがしつづけた。

さがして、さがして、さがしまくって――

「――あった！」

やっと、ボールが見《み》つかった。7人《にん》で、急《いそ》いで公園《こうえん》にもどっていった。

「見《み》つけてきたよ！」

公園《こうえん》につくと同時《どうじ》に、おれは大《おお》きな声《こえ》で言《い》った。

小学生《しょうがくせい》たちが、めんどうそうにふりかえった。

「約束《やくそく》したでしょ！　いっしょに、サッカーしてくれ！」

泥《どろ》だらけのかっこうで、小学生《しょうがくせい》たちにつめ寄《よ》る。

「……わかったよ。しつこいやつらだな」

リーダーの人《ひと》が頭《あたま》をかいて、あきらめたように言《い》った。

「そのかわり、手加減《てかげん》しないぞ」

「もちろん！」

むかいあう鉄棒《てつぼう》をゴールに見立《みた》てて、小学生《しょうがくせい》チームとおれたちでミニゲーム。

「1点《てん》でもきめたら、それで終《お》わりだ。いいな？」

また、ニヤリと笑《わら》う小学生《しょうがくせい》たち。

「そして……負《ま》けたほうは、この公園《こうえん》をつかわない。点《てん》をいれられたら、すぐにでていく。

これでどうだ？」

どうしても、おれたちを追《お》いはらいたいみたいだった。

「……わかった」

おれたちは、コクリとうなずいた。

「よし。それじゃあ、スタートだ」

小学生《しょうがくせい》たちがそう言《い》って、ミニゲームははじまった。

みんなで声《こえ》をかけあって、体《からだ》の大《おお》きな小学生《しょうがくせい》たちに立《た》ちむかう。

本当《ほんとう》に手加減《てかげん》なしの小学生《しょうがくせい》たちに、みんなはたおされてばかりだった。

「さっさと、終《お》わらせてやる！」

小学生《しょうがくせい》たちのシュートが、つぎつぎとんでくる。そのすべてを、おれがふせいでいた。

「くそっ！　なんで、はいらねぇんだ……！」

おれはお腹《なか》や胸《むね》、ときには顔面《がんめん》で、とんでくるボールを止《と》めていた。

「みんなを守《まも》るのと、同《おな》じだ」

ふらふらになっても、しっかりと立《た》つ。

「みんなのゴールは、おれが守《まも》るんだ……！」

その気持《きも》ちだけで、ゴールをなんとか守《まも》っていた。

ころんでいたみんなも、すぐに立《た》ちあがった。

「一斗《いっと》が、あんなにがんばっているんだ」

「おれたちも、やらないと……！」

何度《なんど》でも立《た》ちむかうしつこさに、小学生《しょうがくせい》たちはイライラしていた。

どんどんとシュートをうってきても、おれが止《と》める。そのくりかえしで、時間《じかん》がすぎていった。

「はぁ、はぁ……」

止《と》めたボールが、足元《あしもと》にあった。おれは、大《おお》きく助走《じょそう》をつける。

「いっけぇええ！」

ポォーン……

大《おお》きくけったボールは、だれもいないところにとんでいく。

「はっ！　どこにけってんだよ」

しかし、だれよりもはやくそのボールに反応《はんのう》していたのは……仲《なか》間《ま》の1人《ひとり》、翔太《しょうた》だった。

「きめてくれっ！」

「……あぁ！」

全速力《ぜんそくりょく》で走《はし》った翔太《しょうた》は、足《あし》をのばした。ポコッ、と、ボールがなんとかあたった。

翔太《しょうた》は、いきおいあまってゴロゴロところがり、鉄棒《てつぼう》にぶつかった。

そして、けったボールもころがって……鉄棒《てつぼう》をくぐった。

「やったぁあああぁぁあ！」

ゴールをきめた。

おれたちが、勝《か》った！

まるで大会《たいかい》に優勝《ゆうしょう》したかのように、みんなでとびあがって喜《よろこ》んだ。

――それは、おれたちが初《はじ》めて、仲間《なかま》だけじゃなく相手《あいて》とサッカーをして、勝利《しょうり》した日《ひ》。

傷《きず》だらけのみんなと喜《よろこ》びあった、初《はじ》めての思《おも》い出《で》になった。


「……みんなのゴールを守《まも》るためなら、どんな無理《むり》でも、するにきまっているだろ」

おれは、しっかりと立《た》ちあがる。ゴールポストにぶつけたところがズキズキといたかったが、いまは気《き》にしていられない。

両手《りょうて》を拳《こぶし》にして、ガツッ、とぶつけあわせた。

「さぁ、こい、二宮兄弟《にのみやきょうだい》！　おれを――FC《エフシー》6年《ねん》1組《くみ》を、なめるなよ！」

試合《しあい》はまだ、はじまったばかり！

第《だい》3章《しょう》

マグネット作《さく》戦《せん》開《かい》始《し》！

おれは、ゴールの前《まえ》で声《こえ》をはりあげる。

「みんな、がんばろう！　あの2人《ふたり》を止《と》めるんだ！」

前半《ぜんはん》も、時間《じかん》はのこりわずか。

試合《しあい》は、完全《かんぜん》にFC《エフシー》ウィングスのペース。

「今度《こんど》こそ！」

「きめる！」

その理由《りゆう》は、相手《あいて》のダブルエース、二宮兄弟《にのみやきょうだい》が試合《しあい》を支配《しはい》しているからだった。

彼《かれ》らは攻《せ》めでも守《まも》りでも、おれたちを苦《くる》しめている。

息《いき》ぴったりのコンビプレーに、仲間《なかま》たちはただ追《お》いかけるだけになっている。

二宮佑助《にのみやゆうすけ》のけった強力《きょうりょく》なシュートが、またゴールにむかってくる。

「ぐぅ……！」

おれは、なんとかボールをつかむ。手《て》がいたくなるほどの威力《いりょく》だった。

もう、シュートも10本《ぽん》以上《いじょう》うたれている。

おれがそのすべてを止《と》めて、点《てん》は取《と》られていない。

「ゴールは、おれが守《まも》る！　みんなも、ふんばってくれ！」

うしろからみんなをはげますが、返事《へんじ》は小《ちい》さい。

どうやっても、二宮兄弟《にのみやきょうだい》を止《と》められない。これまで攻《せ》められてばかりで、みんなのなかにそんな気持《きも》ちが生《う》まれてきている。

「一斗《いっと》！」

前《まえ》で、純《じゅん》がおれを呼《よ》んでいた。

「純《じゅん》！」

おれがけったボールは、純《じゅん》の足元《あしもと》にとどいた。

前《まえ》をむく純《じゅん》を囲《かこ》むのは、二宮兄弟《にのみやきょうだい》。彼《かれ》らの守《まも》りには、少《すこ》しのすきもない。

「くっ！」

純《じゅん》は、エース2人《ふたり》を相手《あいて》にして、ボールをとられない。

しかし、ドリブルで抜《ぬ》いたり、シュートをうったりすることもできない。

「みんなっ！　もっと前《まえ》に……」

と、純《じゅん》はふりかえってみんなに声《こえ》をかける。

しかし、純《じゅん》のまわりに、チームメイトはいなかった。

「え……？」

守《まも》りに追《お》われているみんなは、純《じゅん》につづいて攻《せ》めることができていなかった。

「残念《ざんねん》だったな」

「おまえは1人《ひとり》だ」

目《め》をはなした瞬間《しゅんかん》に、二宮兄弟《にのみやきょうだい》がすばやくボールをうばった。

「『1人《ひとり》じゃ、おれたちには勝《か》てない』」

「あ……！」

また、攻《せ》められる。このくりかえしで、時間《じかん》がどんどんとすぎていく。

ピーッ！

審判《しんぱん》の長《なが》い笛《ふえ》がなる。前半《ぜんはん》が終《お》わった。

守《まも》ってばかりだったけれど、なんとか点《てん》は取《と》られなかった。

二宮兄弟《にのみやきょうだい》は、不満《ふまん》そうに地面《じめん》をけった。

「後半《こうはん》はかならず」

「ゴールをきめる」

そう言《い》いのこして、相手《あいて》のベンチにもどっていった。

「はぁ、はぁ……」

「なんとか、しのいだ」

みんなも、重《おも》い足《あし》どりでベンチにもどる。前半《ぜんはん》を戦《たたか》っただけとは思《おも》えないくらい、つかれきっていた。

「おつかれさま、みんな！」

円香《まどか》がベンチでタオルをさしだしている。

みんなは、思《おも》いつめた顔《かお》でタオルを受《う》けとる。

「このままじゃ、いつか点《てん》を取《と》られる……」

「どうにかして、守《まも》らないと」

どのようにして、攻撃《こうげき》をふせぐか。みんなの頭《あたま》には、それしかない。

「……みんな、気《き》づいていないの？」

そこで、円香《まどか》が深刻《しんこく》な顔《かお》つきで言《い》った。

「気《き》づいていないって、なにが？」

「前半《ぜんはん》、FC《エフシー》6年《ねん》1組《くみ》は……1本《ぽん》もシュートをうってないんだよ？」

「え……」

みんなは、二宮兄弟《にのみやきょうだい》を止《と》めることに精《せい》いっぱいで、攻撃《こうげき》は純《じゅん》だけがやっていたようなものだった。

その純《じゅん》も、二宮兄弟《にのみやきょうだい》を相手《あいて》に、思《おも》うように攻《せ》められていなかった。

「相手《あいて》のシュートは、もう10本以上《ぽんいじょう》で、こっちは0本《ほん》……」

明《あき》らかな差《さ》に、みんなの顔《かお》がいっそうけわしくなる。

「……このまま、終《お》わるつもりはないよ」

純《じゅん》は水《みず》を飲《の》んで、そう言《い》った。

「後半《こうはん》にはかならず、あの2人《ふたり》を抜《ぬ》く」

みんなは初《はじ》めて希望《きぼう》がでてきて、顔《かお》をあげる。

「それじゃあ、点《てん》は取《と》れるようになるってこと？」

「……そうなれば、いいけど」

純《じゅん》は、口元《くちもと》に手《て》をあてて考《かんが》えこんでいる。希望《きぼう》のある表情《ひょうじょう》では、ない。

「相手《あいて》は、二宮兄弟《にのみやきょうだい》だけじゃない。あの2人《ふたり》を抜《ぬ》いたとしても、あと6人《にん》もいる」

「そうか……」

「もちろん、ほかの相手《あいて》にも負《ま》けるつもりはない。でも、みんなで攻《せ》めていくことで、突《とっ》破《ぱ》口《こう》がひらけると思《おも》うんだ」

純《じゅん》が腕《うで》をひろげて、みんなにむきなおる。

「攻《せ》める人数《にんずう》が増《ふ》えたら、それだけ点《てん》を取《と》るチャンスが生《う》まれるはずなんだ。だからみんなも、攻《せ》めていこうよ」

純《じゅん》がそう言《い》っても、みんなは不安《ふあん》な顔《かお》をしている。

「相手《あいて》を止《と》めるだけで、攻《せ》める余裕《よゆう》なんてないよ」

「攻撃《こうげき》に参加《さんか》して、守《まも》りがおろそかになったら、すぐに点《てん》を取《と》られちゃいそうだし」

うしろ向《む》きなみんなのなかから、こんな声《こえ》がでた。

「もっと、純《じゅん》にボールを集《あつ》めればいいんじゃ……？」

その意見《いけん》に、みんながひっぱられていく。

「少《すこ》しでも、多《おお》くのチャンスを生《う》むためにも、ボールがとれたら純《じゅん》にパスをだすんだ！」

「勝《か》つためには、それしかない！」

全員《ぜんいん》でギリギリ守《まも》れている状況《じょうきょう》では、しかたがない。そんな考《かんが》えで、みんなは純《じゅん》にたよろうとしているのだろう。

純《じゅん》は、すぐには返事《へんじ》をしなかった。目《め》を閉《と》じて、くちびるをかんでいる。

「純《じゅん》……？」

仲間《なかま》たちは、心配《しんぱい》そうに顔《かお》をのぞきこむ。

やがて、ふぅっと息《いき》を吐《は》きだした。そのときの純《じゅん》は、悲《かな》しそうな顔《かお》をしていた。

「……わかった。僕《ぼく》が1人《ひとり》で、なんとかする。みんなは、守《まも》りに……」

おれは、とっさに純《じゅん》の言葉《ことば》をさえぎった。

「――それじゃあ、ダメだ」

言《い》うことが、まとまっていたわけじゃない。

でも、純《じゅん》の顔《かお》を見《み》て、このままではダメだと、強《つよ》く思《おも》った。

「それは、なにかねらいがあるわけじゃない。純《じゅん》1人《ひとり》にまかせきりにしているだけだ」

おれは、声《こえ》に気持《きも》ちを乗《の》せる。

「だれかを1人《ひとり》にする、なんて、家族《かぞく》じゃない！」

口《くち》をつぐむみんなに、つづけて言《い》う。

「後半《こうはん》は、みんなで攻《せ》めてきてくれ！」

「……そうすると、守《まも》りが」

「もちろん、守《まも》りも手《て》を抜《ぬ》かない。それでも、攻《せ》めてくれ」

そこでおれは、自分《じぶん》の胸《むね》をドンッとたたいた。

「ゴールには、おれがいる！　何十本《なんじゅっぽん》シュートをうたれたって、守《まも》ってみせる！」

「…………」

みんなはしばらくだまっていた。

やがて純《じゅん》にむきなおって、ぺこりと頭《あたま》をさげた。

「純《じゅん》、ごめん！」

「え？」

目《め》をまるくする純《じゅん》に、つぎつぎと言《い》っていく。

「前半《ぜんはん》は、まかせきりにしちゃって……」

「攻《せ》めなきゃ勝《か》てないもんな！」

「もう、1人《ひとり》にはしないから！」

そして、みんなは声《こえ》をそろえた。

『全員《ぜんいん》で守《まも》って、全員《ぜんいん》で攻《せ》める！』

「……うん」

純《じゅん》は、どこか安心《あんしん》したようにうなずいた。

「全員《ぜんいん》で守《まも》って、全員《ぜんいん》で攻《せ》めにしても、やっぱり二宮兄弟《にのみやきょうだい》を止《と》めないといけない」

後半《こうはん》にむけた、作戦会議《さくせんかいぎ》。みんなでひとつの円《えん》になる。

中心《ちゅうしん》には、小《ちい》さなホワイトボードをおいている。ホワイトボードには、いくつかマグネットがくっついている。

「いくら人数《にんずう》をかけても、止《と》められない」

「どうすればいいんだろう……」

みんなの声《こえ》を聞《き》いていた純《じゅん》が、ハッと息《いき》をのんだ。

「2人《ふたり》を相手《あいて》にするから、止《と》められないのかもしれない……」

「どういうことだ？」

純《じゅん》は、二宮兄弟《にのみやきょうだい》に見立《みた》てて、2つのマグネットを動《うご》かす。

「あの2人《ふたり》の武器《ぶき》は、コンビネーションだよね。息《いき》ぴったりのコンビプレーは、止《と》めるのがむずかしい。でも、1人《ひとり》ずつ相手《あいて》にすれば、止《と》めるのはむずかしくないかもしれない」

「二宮兄弟《にのみやきょうだい》に、マークをつけるってことか？」

おれが聞《き》くと、純《じゅん》はコクッとうなずいた。

マークは、特定《とくてい》の選手《せんしゅ》にくっついて、その相手《あいて》のじゃまをする役割《やくわり》。

「はなされないように、一瞬《いっしゅん》たりとも気《き》は抜《ぬ》けない。相手《あいて》に、ぴったりとくっつかなきゃいけない……」

純《じゅん》は、マグネットを手《て》にとる。

「それこそ、このマグネットみたいにね」

ホワイトボードに近《ちか》づけると、ピタ！　とくっついた。

「しつこくくっつけば、ミスも増《ふ》えるだろうし、いままでどおりとはいかないよ」

みんなが、純《じゅん》の言葉《ことば》にうなずいた。

「やってみる価値《かち》は、ありそうだな」

「いまのままじゃ、ダメだもんね」

勇気《ゆうき》が、みんなの顔《かお》を見《み》まわす。

「じゃあ……マークをする2人《ふたり》は、だれがやる？」

すぐに手《て》をあげたのは、純《じゅん》だった。

「1人《ひとり》は、僕《ぼく》がやるよ」

「だいじょうぶなのか？　攻《せ》めでも守《まも》りでも……」

おれが聞《き》いたが、純《じゅん》は自信《じしん》に満《み》ちた顔《かお》をしていた。

「まかせて。攻《せ》める相手《あいて》がいやがるディフェンスなら、いつもされているから。1対《たい》1なら、相手《あいて》を自由《じゆう》にはさせないよ」

1人《ひとり》は、純《じゅん》にきまった。

「それじゃあ、もう1人《ひとり》は……」

みんなは、顔《かお》を見《み》あわせる。すぐには、手《て》はあがらない。

勝敗《しょうはい》を分《わ》けることになる、重要《じゅうよう》な役割《やくわり》なだけに、責任《せきにん》は重大《じゅうだい》だ。

キーパーのおれは、仲間《なかま》のだれかが名乗《なの》りをあげるのを待《ま》つしかない。

「――おれがやる」

突然《とつぜん》、静《しず》かな空気《くうき》のなかで、そう言《い》ったのは……


「翔太《しょうた》！」


タオルをおいて、翔太《しょうた》が立《た》ちあがる。

みんなは意外《いがい》そうに見《み》あげている。いつもの翔太《しょうた》なら、積極的《せっきょくてき》に手《て》をあげることなんてない。

「おれは、純《じゅん》みたいにうまく守《まも》れるわけじゃない」

でも、と翔太《しょうた》は力強《ちからづよ》くつづける。

「走《はし》りつづける体力《たいりょく》なら、ある」

たしかに翔太《しょうた》は、前半《ぜんはん》もだれよりも走《はし》っていたけれど、息《いき》はまったくあがっていない。

「ぜったい食《く》らいついてみせる」

その宣言《せんげん》に、みんながうなずく。

「二宮佑助《にのみやゆうすけ》には、僕《ぼく》がつく」

「二宮佐助《にのみやさすけ》には、おれがつく」

純《じゅん》と翔太《しょうた》がそれぞれそう言《い》った。

「じゃあ……名《な》づけて『マグネット作戦《さくせん》』。たのむぞ、純《じゅん》、翔太《しょうた》！」

おれが言《い》って、2人《ふたり》はしっかりとうなずいた。

「もうすぐ、時間《じかん》だよ！」

円香《まどか》が時計《とけい》を見《み》ながら言《い》った。

FC《エフシー》ウィングスの選手《せんしゅ》たちも、ベンチからでてきている。

「試合《しあい》はあと半分《はんぶん》。ここから巻《ま》き

かえそうよ」

純《じゅん》の言葉《ことば》で、全員《ぜんいん》が立《た》ちあがった。

そして、キャプテンの勇気《ゆうき》が先頭《せんとう》に立《た》って、さけんだ。

「よし、いくぞっ！」

よっしゃあぁぁ！

みんなで声《こえ》をあげた。

つかれも不安《ふあん》もふきとばすような、大声《おおごえ》だった。


「一斗《いっと》」

一番《いちばん》うしろを歩《ある》いていた純《じゅん》が、おれを呼《よ》び止《と》めた。

「さっきは、ありがとう」

「……みんな、ちょっとあせっていただけだ。純《じゅん》を1人《ひとり》にしようなんて、思《おも》っていないよ」

「ううん。僕《ぼく》もみんなの力《ちから》を借《か》りないで、1人《ひとり》でやろうとしちゃったから……」

「そういうところは、二宮兄弟《にのみやきょうだい》を見習《みなら》わないといけないかもな」

「え？」

相手《あいて》チームの先頭《せんとう》にいる、双子《ふたご》の兄弟《きょうだい》を見《み》る。

「あいつらは、どちらか1人《ひとり》にまかせきりにはしないだろ。自分《じぶん》のことも、相手《あいて》のことも、信《しん》じている」

おれは純《じゅん》にむかって、笑《わら》ってみせた。

「FC《エフシー》6年《ねん》1組《くみ》も、ちゃんとみんなを信《しん》じないとな」

純《じゅん》は、やっとにっこり笑《わら》った。

「……昔《むかし》に、もどるところだった」

ぼそ、と純《じゅん》はつぶやいた。

「昔《むかし》？」

おれが聞《き》くと、純《じゅん》はうつむきながら話《はな》しだす。

「……FC《エフシー》6年《ねん》1組《くみ》に、くる前《まえ》。僕《ぼく》は転校《てんこう》が多《おお》かったから、日本全国《にほんぜんこく》のいろいろなチームにいたんだ。全国大会《ぜんこくたいかい》にでるような、強《つよ》いチームにいたこともあるよ」

「そうだったみたいだな」

「どのチームでも、僕《ぼく》は試合《しあい》にでていたんだ。いつも一番前《いちばんまえ》のポジションで、点《てん》を取《と》っていた」

と言《い》っているのに、純《じゅん》の顔《かお》は暗《くら》かった。

「でも――僕《ぼく》は孤独《こどく》だった」

こどく。その言葉《ことば》は、ずしりと重《おも》かった。

「ただボールをもらって、点《てん》を取《と》る。そのくりかえしで……いつしか、だれもサポートにこなくなった」

「純《じゅん》……」

「そのときは、チームで戦《たたか》っている気《き》がしなかった。1人《ひとり》きりでグラウンドにいるような気分《きぶん》だった」

おれは、正直《しょうじき》その気持《きも》ちはわからない。

純《じゅん》のように、1人《ひとり》で点《てん》を取《と》ったり、試合《しあい》に勝《か》ったりできる力《ちから》なんて、おれたちにはなかった。

でも、ひろいグラウンドのなかで、たった1人《ひとり》――。

想像《そうぞう》しただけでも、悲《かな》しかった。

おれは、純《じゅん》とむりやり肩《かた》をくんだ。

「い、一斗《いっと》？」

おどろく純《じゅん》に、おれはつたえる。

「家族《かぞく》を、1人《ひとり》きりにするわけないだろ！」

おれたちは、それぞれ足《た》りないものだらけ。

二宮兄弟《にのみやきょうだい》のように、本当《ほんとう》の家族《かぞく》じゃない。考《かんが》えていることや思《おも》っていることが、かんぺきにわかるわけじゃない。

それでも、だれかがなやんでいたら、手《て》をさしのべる。いっしょになやんでやる。

孤独《こどく》になんか、ぜったいにさせない。

純《じゅん》は最近転校《さいきんてんこう》してきて、みんなとすごしてきた時間《じかん》が少《すく》ない。それに、特別《とくべつ》な才能《さいのう》を持《も》っている。

でも、おれたちの家族《かぞく》であることは変《か》わらない。

「特別《とくべつ》あつかいなんて、しない！　純《じゅん》は6年《ねん》1組《くみ》の仲間《なかま》で、家族《かぞく》！　それだけだ！」

純《じゅん》は、まじまじとおれを見《み》つめてから、ぷっとふきだした。

「――うん。それがいい」

そう言《い》った純《じゅん》は、おれに拳《こぶし》をさしだしてきた。

「だから、このチームで勝《か》ちたいんだ」

おれも同《おな》じように、拳《こぶし》をさしだす。

「後半《こうはん》は、僕《ぼく》が点《てん》を取《と》ってみせる」

「おれも、ゴールを守《まも》りきる！」

おれたちは笑顔《えがお》で、拳《こぶし》をつきあわせた。


ゴール前《まえ》に立《た》って、試合《しあい》がはじまるのを待《ま》つ。

「みんなのため、約束《やくそく》のためだ……！」

ピシャッ！　と、ほおを強《つよ》くたたく。

後半《こうはん》も、みんなのゴールはおれが守《まも》ってみせる……！

ピーッ！

後半《こうはん》がはじまった。

FC《エフシー》6年《ねん》1組《くみ》からの、キックオフ。

純《じゅん》がボールを持《も》つと、すぐに二宮兄弟《にのみやきょうだい》が立《た》ちふさがる。

「おまえだけ注意《ちゅうい》すれば」

「あとはとるに足《た》らない」

前半《ぜんはん》と同《おな》じように、純《じゅん》を囲《かこ》んでしまう作戦《さくせん》らしい。

「……それはどうかな？」

そこで純《じゅん》が、くるっとふりかえって、うしろにパスをだした。

「みんなで攻《せ》めよう！」

純《じゅん》が先頭《せんとう》に立《た》って、走《はし》りだす。

仲間《なかま》たちが、ボールを運《はこ》びながらついていく。

「あわてずにいこう！」

「こっちだ！　パス！」

みんなで声《こえ》をかけあって、ボールをまわしていく。前半《ぜんはん》には、見《み》られなかった光景《こうけい》だ。

FC《エフシー》6年《ねん》1組《くみ》のパスは、二宮兄弟《にのみやきょうだい》のパス交換《こうかん》には遠《とお》くおよばない。

スピードもおそくて、ずれることもある。

いまはゆっくりでもいい。挑戦《ちょうせん》すれば、なにかが変《か》わるはずだ……！

しかし、パスはいきなり断《た》ち切《き》られた。

「それで勝《か》てると」

「思《おも》っているのか？」

二宮兄弟《にのみやきょうだい》に、あっさりとボールをうばわれてしまった。

「いっきに、ゴールにいく」

「さっさと、点《てん》をきめて」

「「決着《けっちゃく》をつける……！」」

攻《せ》めようと走《はし》りだす二宮兄弟《にのみやきょうだい》の前《まえ》に、2人《ふたり》の仲間《なかま》が立《た》ちふさがった。

「もう、いかせないよ」

二宮佑助《にのみやゆうすけ》には、純《じゅん》。

「ぜったいに、ついていく」

二宮佐助《にのみやさすけ》には、翔太《しょうた》。

それぞれの相手《あいて》に、ぴったりとくっついて、自由《じゆう》にさせない。

『マグネット作戦《さくせん》』開始《かいし》……！

「おれたちをいかせない？」

「できると思《おも》っているのか？」

さっそく、二宮兄弟《にのみやきょうだい》はすばやくパスをまわして、ゴールにむかってくる。

しかし、ゴールへとつづく道《みち》に、純《じゅん》と翔太《しょうた》が立《た》つ。

「できるかどうか、なんて、どうでもいい」

純《じゅん》がそう言《い》って、そのつづきは、翔太《しょうた》がひきつぐ。

「チームのためなら、限界《げんかい》をこえてでも、やってやる……！」

二宮兄弟《にのみやきょうだい》は、完全《かんぜん》に動《うご》きを止《と》めた。

「なんだよ……」

「こいつら……」

「――やっと、すきができたね」

純《じゅん》が、二宮佑助《にのみやゆうすけ》からボールをうばった。

「いくよ、みんな！」

そして、全員《ぜんいん》で攻撃《こうげき》にむかう。

「いいぞ、これでいいんだ！」

FC《エフシー》6年《ねん》1組《くみ》のサッカーは、ここからだ！


「くそっ！」

二宮佐助《にのみやさすけ》が、シュートをうってくる。しかし苦《くる》しまぎれで力《ちから》のないボールだった。

「まかせろ！」

おれはみんなに声《こえ》をかけてから、ボールをつかみとった。

「いいぞ！　この調子《ちょうし》だ！」

おうッ！

チームメイトは、流《なが》れる汗《あせ》をぬぐいながら、大《おお》きく返事《へんじ》をした。

「守《まも》れているんだ！」

「純《じゅん》と翔太《しょうた》のおかげだ！」

おれたちの『マグネット作戦《さくせん》』は、順調《じゅんちょう》だった。

純《じゅん》は、自分《じぶん》で言《い》っていたように、二宮佑助《にのみやゆうすけ》をまったく自由《じゆう》にさせていない。

翔太《しょうた》は、純《じゅん》のように守《まも》れているわけではないけれど、持《も》ち前《まえ》の体力《たいりょく》をいかして、何度《なんど》でも食《く》らいつく。

2人《ふたり》のおかげで、二宮兄弟《にのみやきょうだい》を止《と》めることに成功《せいこう》していた。

「ボールをまわすぞ！」

「こっちだ！　おちついて、攻《せ》めていこう！」

FC《エフシー》6年《ねん》1組《くみ》がボールを持《も》つ時間《じかん》も、増《ふ》えてきている。

だんだんと、おれたちに流《なが》れがきている……！

「そうだ。ピンチのあとには、チャンスがくるんだ！」

チャンスをのがさないために、おれたちはよりいっそう集中《しゅうちゅう》する。

相手《あいて》チームは、なかなか攻《せ》められない時間《じかん》がつづいて、イライラしはじめている。

とくに二宮兄弟《にのみやきょうだい》は、おさえこまれてストレスがたまっているようだ。

2人《ふたり》はボールを持《も》ったまま、グラウンドの中央《ちゅうおう》に立《た》っている。

「佐助《さすけ》、アレをやるぞ」

「……わかったよ、佑助《ゆうすけ》」

二宮兄弟《にのみやきょうだい》は、ボールを味方《みかた》の選手《せんしゅ》に預《あず》けて、グラウンドの中央《ちゅうおう》で、肩《かた》をならべて立《た》つ。

はなされないように、純《じゅん》と翔太《しょうた》もその前《まえ》で待《ま》ちかまえる。

二宮兄弟《にのみやきょうだい》は、声《こえ》をぴったりとそろえて、こう言《い》った。


「「シャッフル！」」


「シャッフル……？」

みんなは、キョトンとしている。しかし、なにかをしてくるのは明《あき》らかだ。

「気《き》をつけろ！　集中《しゅうちゅう》だっ！」

おれは、大声《おおごえ》でそう言《い》った。

すると二宮兄弟《にのみやきょうだい》は、はじけるように走《はし》りだす。

2人《ふたり》の速度《そくど》は、また一段《いちだん》と速《はや》くなる。

「翔太《しょうた》！」

追《お》いかける純《じゅん》が、声《こえ》をかける。

「あぁ……！」

返事《へんじ》をした翔太《しょうた》も、はなされないように走《はし》る。

「ついてこられるなら」

「ついてこい！」

たてに、横《よこ》に、ななめに、グラウンドを走《はし》りまわる。

走《はし》りながら二宮兄弟《にのみやきょうだい》は、おたがいの立《た》ち位置《いち》をいれかえる。

右《みぎ》、左《ひだり》、また右《みぎ》……と、目《め》まぐるしく変《か》わる。

「なんだよ、あれ……」

ゴールの前《まえ》から見《み》ていると、どちらがどちらなのか、わからない。

「「持《も》ってこいっ！」」

同《おな》じタイミングでそう言《い》った二宮兄弟《にのみやきょうだい》は、2人《ふたり》で別々《べつべつ》の方向《ほうこう》に走《はし》って、ボールを呼《よ》ぶ。

1人《ひとり》がむかって右《みぎ》に、もう1人《ひとり》がむかって左《ひだり》にいる。

こちらにむかって走《はし》ってくるから、背番号《せばんごう》もよく見《み》えない。

「どっちが、どっちなんだ……？」

仲間《なかま》たちは、完全《かんぜん》に混乱《こんらん》してしまった。

そこで、右《みぎ》に立《た》っている二宮《にのみや》が、声《こえ》をはりあげた。

「佐助《さすけ》だ！　佐助《さすけ》に、ボールをだせ！」

「こっちか……！」

二宮佐助《にのみやさすけ》にくっつく翔太《しょうた》が、あわてて左《ひだり》に走《はし》っていく。

しかし、左側《ひだりがわ》にはもう純《じゅん》がいた。

「翔太《しょうた》、ちがう！」

おれは大声《おおごえ》をだす。

FC
Wings
8

「そっちは、二宮佑助《にのみやゆうすけ》だ……！」

ボールは、むかって右《みぎ》に立《た》っている、二宮佑助《にのみやさすけ》に送《おく》られた。

「ひっかかったな！」

自由《じゆう》になった二宮佑助《にのみやさすけ》が、ゴールにくる。

「翔太《しょうた》をだますために、あんなことを言《い》ったのか！」

二宮佐助《にのみやさすけ》は、足《あし》をふりあげる。

力強《ちからづよ》く、ボールをけってきた。

おれは、そのボールに集中《しゅうちゅう》する。

「えっ……！」

けられたボールは大《おお》きく曲《ま》がって、ゴールからはずれていく。

そのボールがむかう先《さき》には……

二宮佑助《にのみやゆうすけ》が、走《はし》りこんでいた。マークをしている純《じゅん》も、すぐうしろから追《お》いかけている。

「点《てん》は、取《と》らせないっ！」

おれは、ゴールを守《まも》るために体《からだ》を投《な》げだす。

……しかし、二宮佑助《にのみやゆうすけ》はニヤッと笑《わら》った。

ポンッ

ボールを横《よこ》にけりだす。ころがるボールに走《はし》りこんでいるのは……二宮佐助《にのみやさすけ》。

「ようやく、1点《てん》だ！」

だれもいないゴールに、ボールがたたきこまれた。

ピーッ！

ゴールを知《し》らせる、長《なが》い笛《ふえ》。

「そんな……！」

みんなが、いっせいにくずれ落《お》ちる。

「……『シャッフル』は、相手《あいて》をひきはがすための作戦《さくせん》だ」

ゴールからはねかえったボールをとったのは、二宮佑助《にのみやゆうすけ》。

「相手《あいて》をだしぬくのは、一瞬《いっしゅん》でいい」

ならんで立《た》っているのは、二宮佐助《にのみやさすけ》。

2人《ふたり》は、勝《か》ちほこった顔《かお》でおれたちを見《み》おろしていた。

「「その一瞬《いっしゅん》で結果《けっか》をだすのが、おれたちエースだ」」

0対《たい》1。とうとう、FC《エフシー》6年《ねん》1組《くみ》は点《てん》を取《と》られてしまった……。


ゴールまでもどってきた翔太《しょうた》は、おれやみんなに頭《あたま》をさげた。

「ごめん。食《く》らいつくって、約束《やくそく》したのに……」

おれは翔太《しょうた》に声《こえ》をかける。

「あんまり気《き》にするな、翔太《しょうた》。おれも、守《まも》れなかったんだ」

「……でも、実際《じっさい》やっかいだな」

キャプテンの勇気《ゆうき》が、歯《は》を食《く》いしばる。

「一瞬《いっしゅん》でも目《め》をはなすと、どちらかわからなくなる。その一瞬《いっしゅん》で、確実《かくじつ》にゴールにおそいかかってくる」

チームのムードが、また暗《くら》くなってしまう。

「とうとう、点《てん》を取《と》られた」

「せっかく、うまくいっていたのに……」

そんななか、翔太《しょうた》は1人《ひとり》でうつむいていた。

「翔太《しょうた》、どうかしたのか？」

おれが声《こえ》をかけても、翔太《しょうた》はぶつぶつとつぶやいているだけ。

「……どちらかについていこうとするから、混乱《こんらん》するんだ」

顔《かお》をあげた翔太《しょうた》は、おどろきの言葉《ことば》を言《い》った。

「おれ1人《ひとり》が、二宮兄弟《にのみやきょうだい》につく」

「え……？」

あまりに考《かんが》えられないことで、みんなは声《こえ》を失《うしな》った。

7人《にん》がかりでも止《と》められなかった相手《あいて》のエースを、1人《ひとり》で……？

「そんなこと、させられるか！」

おれは、すぐに反対《はんたい》する。

「そんな無茶《むちゃ》なこと、やらせるわけない！」

「1人《ひとり》で守《まも》れるとは、思《おも》ってない」

翔太《しょうた》は、淡々《たんたん》とつづける。

「あの2人《ふたり》は、おれが自由《じゆう》にさせない。おれが追《お》いかけて、今度《こんど》こそ食《く》らいつく。パスが乱《みだ》れたところを、みんなでうばってくれ」

「そんなの、無理《むり》だ……！」

おれがそう言《い》っても、翔太《しょうた》は意見《いけん》を変《か》えない。

「昔《むかし》から、家族《かぞく》のためって無理《むり》ばっかりしているのは、一斗《いっと》だろ」

翔太《しょうた》は、おれの言葉《ことば》をくりかえした。

「家族《かぞく》のためなら、いくらでも無理《むり》をする。……だったら、おれにも無理《むり》をさせてくれ」

「だ、だからって……」

「一斗《いっと》」

おれの言葉《ことば》を、純《じゅん》がさえぎった。

それから純《じゅん》は、翔太《しょうた》の肩《かた》に手《て》をおいた。

「翔太《しょうた》。本気《ほんき》でやるつもり？」

目《め》と目《め》をあわせて、たずねる。翔太《しょうた》はなにも言《い》わずに、一度《ど》だけ首《くび》をたてに動《うご》かした。

「……わかった」

純《じゅん》は、仲間《なかま》たちの顔《かお》を見《み》てから、言《い》った。

「全員《ぜんいん》でささえよう。翔太《しょうた》を、1人《ひとり》にはしない。だから、翔太《しょうた》は思《おも》いっきりやってよ」

「……あぁ」

翔太《しょうた》は短《みじか》く返事《へんじ》をして、走《はし》っていった。

むかう先《さき》には、二宮兄弟《にのみやきょうだい》がいる。

いままで、最《もっと》も無謀《むぼう》な作戦《さくせん》がはじまろうとしていた……。

第《だい》4章《しょう》 すべては仲間《なかま》のため！ 決死《けっし》の守《まも》りと一瞬《いっしゅん》のチャンス

後半戦《こうはんせん》は、どんどんとすすんでいく。

1点《てん》を追《お》いかけるFC《エフシー》6年《ねん》1組《くみ》だが、まだ守《まも》りに追《お》われている。
またゴールをいれられると、2点差《てんさ》になって、勝利《しょうり》がさらに遠《とお》くなってしまう。
1点《てん》を取《と》られたのは、おれの責任《せきにん》だと思《おも》っている。
それでも、キーパーのやるべきことは、後悔《こうかい》することじゃない。
「ぜったいに守《まも》る！」
もう、1点《てん》もきめさせない。そのために、おれはのこり時間《じかん》にすべてをかける。

チームのみんなも、相手《あいて》の攻撃《こうげき》に備《そな》えている。

「みんな、集中《しゅうちゅう》だ！」

むかってくる相手《あいて》から目《め》をそらさず、仲間《なかま》たちはこくりとうなずいた。

ボールを持《も》って攻《せ》めこんでくるのは、もちろん二宮兄弟《にのみやきょうだい》。

息《いき》ぴったりのダブルエースに立《た》ちむかうのは、翔太《しょうた》。滝《たき》のように流《なが》れる汗《あせ》をふきながら、相手《あいて》をまっすぐ見《み》ている。

二宮兄弟《にのみやきょうだい》にくっついて、自由《じゆう》なプレーをさせない『マグネット作戦《さくせん》』。

はじめは2人《ふたり》でやっていたその作戦《さくせん》を、翔太《しょうた》が1人《ひとり》でつづけることになった。

「1人《ひとり》でおれたちを止《と》める？」

「いったい、なんのつもりだ？」

自信《じしん》たっぷりに言《い》ってくる、二宮兄弟《にのみやきょうだい》。

その声《こえ》に、翔太《しょうた》は短《みじか》く答《こた》えた。

「もちろん、勝《か》つつもりだ」

「ふん」

「そうかよ」

二宮兄弟《にのみやきょうだい》は、相変《あいか》わらず2人《ふたり》でボールをまわす。翔太《しょうた》は、一生懸命《いっしょうけんめい》ボールを追《お》いかける。

点《てん》を取《と》られたときにやられた、二宮兄弟《にのみやきょうだい》の『シャッフル』。

2人《ふたり》の位置《いち》をごちゃごちゃにいれかえて、相手《あいて》を混乱《こんらん》させて自由《じゆう》になる、双子《ふたご》ならではの秘策《ひさく》だった。

相手《あいて》の切《き》り札《ふだ》を封《ふう》じるため、翔太《しょうた》は1人《ひとり》で2人《ふたり》につくことを選《えら》んだ。

1人《ひとり》で2人《ふたり》を見《み》ていれば、どれだけいれかわろうと関係《かんけい》ない。

しかしそのつらさは、体力《たいりょく》がけずられている翔太《しょうた》の姿《すがた》が物語《ものがた》っている。

「意地《いじ》でも、保《も》たせる」

試合《しあい》がきれたときに、仲間《なかま》がどれだけ声《こえ》をかけても、翔太《しょうた》はそう言《い》いはっている。どうしても、やりきるつもりなのだろう。

「まだ、相手《あいて》のボールだ」

そう言《い》って走《はし》っていく翔太《しょうた》。その背中《せなか》を、仲間《なかま》たちは心配《しんぱい》そうに見《み》ている。

後半《こうはん》の時間《じかん》は、半分《はんぶん》をすぎた。

いくら体力《たいりょく》があったとしても、後半《こうはん》の半分《はんぶん》の時間《じかん》、2人《ふたり》のエースを1人《ひとり》だけで相手《あいて》しつづけるのは、きびしいはずだ。

チームのなかでだれよりも体力《たいりょく》があって、どんなときでも表情《ひょうじょう》ひとつ変《か》えない翔太《しょうた》が、ここまでつかれきっている姿《すがた》を見《み》るのは、初《はじ》めてだった。

そこで、パンパン、と音《おと》がした。

「もうすぐ、試合《しあい》が再開《さいかい》するよ」

手《て》をたたきながら言《い》ったのは、純《じゅん》。

「僕《ぼく》たちは翔太《しょうた》を信《しん》じて、ささえよう。みんなで、そうきめたんだ」

相手《あいて》のエースを翔太《しょうた》がおさえて、ほかのメンバーがボールをうばう。それが、いまのF《エフ》C《シー》6年《ねん》1組《くみ》の戦《たたか》いかただった。

純《じゅん》は、この戦《たたか》いかたに迷《まよ》いはないようだった。

おれは、心《こころ》のなかにある不安《ふあん》を追《お》いはらう。

1点《てん》を追《お》いかけるおれたちは、かけにでる必要《ひつよう》がある。

仲間《なかま》を信《しん》じて、やるしかない。

「……よし、とったぞ！」

なんとかボールをうばうと、FC《エフシー》6年《ねん》1組《くみ》の攻撃《こうげき》がはじまる。

「まずは1点《てん》だ！」

純《じゅん》が先頭《せんとう》でひっぱって、チームの全員《ぜんいん》が攻撃《こうげき》に参加《さんか》する。

みんなでボールを運《はこ》んで、相手《あいて》ゴールへとむかっていく。

「純《じゅん》！　たのんだぞ！」

ラストパスが、純《じゅん》のところへととんでいく。

しかしそこには、二宮兄弟《にのみやきょうだい》が待《ま》ちかまえていた。

「けっきょく、最後《さいご》のシュートはおまえがうつ」

「おまえさえ止《と》めれば、守《まも》りきれる」

勝《か》ちほこってそう言《い》う二宮兄弟《にのみやきょうだい》に、純《じゅん》はいたずらっぽく笑《わら》う。

「僕《ぼく》はもう、1人《ひとり》じゃないよ」

純《じゅん》は、むかってきたボールにさわらなかった。

ミスをした……わけではなかった。

ボールがころがっていく先《さき》には、シュートをめったにうたない学《まなぶ》がいた。

純《じゅん》に気《き》をとられていたFC《エフシー》ウィングスの選手《せんしゅ》たちは、学《まなぶ》のことをまったく見《み》ていなかった。

「うて、学《まなぶ》！」

「おちついて！」

学《まなぶ》の前《まえ》にいるのは、腕《うで》をひろげるキーパーだけ。

得点《とくてん》の、チャンス！

「えいっ！」

みんなの声《こえ》におされて、学《まなぶ》は足《あし》を大《おお》ぶりする。

……ポコッ
いきおいのないボールが、コロコロところがっていく。完全《かんぜん》にミスキックだった。

学《まなぶ》のシュートは、相手《あいて》のキーパーに難《なん》なくとられてしまった。

チャンスをいかせなかった学《まなぶ》は、しゅんと縮《ちぢ》こまってしまう。

「ご、ごめん。あんなに大事《だいじ》な場面《ばめん》で……」

純《じゅん》は笑顔《えがお》のまま、学《まなぶ》の肩《かた》に手《て》をおいた。

「反省《はんせい》は、試合《しあい》のあとにいくらでもできるよ。いまは、前《まえ》をむこう」

つづいて、純《じゅん》は仲間《なかま》たちにも声《こえ》をかける。

「みんなも、どんどんチャレンジしていこう！　うたなきゃ、シュートははいらない！」

その言葉《ことば》に、仲間《なかま》たちは大《おお》きくうなずいた。

時間《じかん》がすすむにつれて、いまのようにシュートをうてるようになってきている。

天才《てんさい》ストライカーの純《じゅん》だけにたよるのではなく、全員《ぜんいん》で攻《せ》めることで、チャンスを増《ふ》やしている。

不利《ふり》な状況《じょうきょう》に、変《か》わりはない。

でも、チームのだれもあきらめてはいない。全員《ぜんいん》で攻《せ》めて、全員《ぜんいん》で守《まも》っている。

チャンスは、自分《じぶん》たちでつくりだすしかないんだ……！

ボールが外《そと》にでる。二宮兄弟《にのみやきょうだい》が、２人《ふたり》でくやしそうに地面《じめん》をけりあげる。

「くそっ！」

「なんでだっ！」

有利《ゆうり》なはずの相手《あいて》が、声《こえ》を荒《あら》らげるほどにいらついている。

その理由《りゆう》は、明《あき》らかに翔太《しょうた》の存在《そんざい》だった。

最初《さいしょ》こそ見《み》くびっていたが、しつこく食《く》らいついてくる翔太《しょうた》を相手《あいて》に、二宮兄弟《にのみやきょうだい》は思《おも》いどおりのプレーができていない。

うまくパスがまわせず、そこを仲間《なかま》たちにうばわれている。

「……すごい」

おれもほかのメンバーも、そう言《い》うしかなかった。

圧倒的《あっとうてき》不利《ふり》な状況《じょうきょう》での執念《しゅうねん》の守《まも》りは、みんなを奮《ふる》い立《た》たせる。

「翔太《しょうた》があんなにがんばっているんだ」

「おれたちも、つづくぞ！」

と、みんなもつかれているはずなのに、前向《まえむ》きに戦《たたか》っている。

相手《あいて》チームは、何度《なんど》でも二宮兄弟《にのみやきょうだい》にボールをわたす。すぐに、翔太《しょうた》が前《まえ》に立《た》ちはだかる。

舌打《したう》ちをする、二宮兄弟《にのみやきょうだい》。

「もう、自由《じゆう》にはさせない」

翔太《しょうた》は、ただついていくことだけに、集中《しゅうちゅう》している。

「だったら力《ちから》ずくで」

「自由《じゆう》になる」

不敵《ふてき》に笑《わら》った二宮兄弟《にのみやきょうだい》。

息《いき》のあったパス交換《こうかん》に、はなされないようについていく翔太《しょうた》。

しかし突然《とつぜん》、ボールが思《おも》わぬ方向《ほうこう》にとんできた。

「え——」

二宮佑助《にのみやゆうすけ》のけったボールが、翔太《しょうた》のみぞおちにたたきこまれた。

「がッ！」

よろけた翔太《しょうた》だったが、たおれる寸前《すんぜん》でふみとどまる。

しかし、動《うご》きは止《と》まってしまう。そのすきに二宮兄弟《にのみやきょうだい》はスピードをあげる。

「これで、もうついてこないはずだ」

そう言《い》って笑《わら》っている二宮佑助《にのみやゆうすけ》は、あまかった。

「いかせない……」

翔太《しょうた》は、ふらつく足《あし》ですぐに二宮兄弟《にのみやきょうだい》を追《お》いかけて、行《ゆ》く手《て》をはばむ。

「こいつ……！」

今度《こんど》は二宮佐助《にのみやさすけ》が、ボールをけった。むかう先《さき》には、翔太《しょうた》の顔《かお》がある――。

ぶつかると思《おも》った瞬間《しゅんかん》、純《じゅん》がボールを受《う》け止《と》めた。

「…………」

純《じゅん》は、グラウンドの外《そと》にボールをけりだした。

つぎのプレーは、相手《あいて》ボールからになってしまうが、そんなことはだれも気《き》にしない。

「……ぐ、ごほ、ごほっ！」

ボールを外《そと》にだしたのは、翔太《しょうた》がひざをついてしまったから。お腹《なか》をおさえて、苦《くる》しそうにせきこんでいる。

審判《しんぱん》の笛《ふえ》がなって、試合《しあい》が止《と》まる。おれたちはすぐに翔太《しょうた》のもとにかけ寄《よ》った。

おれは、二宮兄弟《にのみやきょうだい》をにらみつける。

「わざと、ボールをぶつけたのか？」

おれの言葉《ことば》に、二宮兄弟《にのみやきょうだい》はニヤニヤと笑《わら》っている。

「わざとじゃない」

「パスが狂《くる》ったんだ」

ぜったいに、うそだ。

いままで息《いき》ぴったりなパスを見《み》せておいて、そんな言《い》い訳《わけ》を信《しん》じるわけがない。

「なんてことを……！」

「――おれなら、だいじょうぶだ」

カッとなったおれの肩《かた》をつかんで、翔太《しょうた》は立《た》ちあがる。

「これくらい、なんでもない。試合《しあい》を、つづけるぞ……」

歯《は》を食《く》いしばっている姿《すがた》を見《み》て、おれはついたずねる。

「どうしてそこまで、できるんだよ……？」

いつもクールな翔太《しょうた》が、なりふりかまわず走《はし》りつづけている。

いったいなにが、翔太《しょうた》をそこまで動《うご》かすのだろう……？

その答《こた》えは、予測《よそく》していないものだった。

「一斗《いっと》のためだ」

「おれのため？」

「小《ちい》さいころ、一斗《いっと》はおれを救《すく》ってくれた。今度《こんど》は、おれが一斗《いっと》の助《たす》けになる番《ばん》だ」

肩《かた》に手《て》をおいたまま、翔太《しょうた》は話《はな》しだす。

「……父《とう》さんがいなくなったころ、母《かあ》さんは妹《いもうと》の世話《せわ》と仕事《しごと》ばっかりで、おれにかまっていられなかった。しょうがないって、わかっていた。わかっていたけど」

独《ひと》り言《ごと》のように、つづける。

「――おれ、本当《ほんとう》はずっと、さみしかったんだ」

その気持《きも》ちは、いたいほどわかった。

おれだって、父《とう》さんとはなれて暮《く》らしている。家《いえ》に帰《かえ》っても父《とう》さんがいないことは、胸《むね》にぽっかりと穴《あな》が空《あ》いているみたいに、さみしい。

「さみしさから抜《ぬ》けだせたのは、一斗《いっと》の言葉《ことば》のおかげだった」

「おれの、言葉《ことば》……？」

「公園《こうえん》でおれたちを守《まも》ってくれた、あのときだ」

そう言《い》われて、すぐに思《おも》いだす。おれがキーパーになるきっかけとなった日《ひ》のことだ。

「いつもいっしょにいたおれたちを、一斗《いっと》は家族《かぞく》だって言《い》って、守《まも》ってくれた。父《とう》さんがいなくなって、うじうじしていたおれは、その言葉《ことば》に救《すく》われたんだ」

翔太《しょうた》は呼吸《こきゅう》をととのえて、ゆっくりとつづける。

「おれに、父《とう》さんはいない。でも、こんなにたくさん、家族《かぞく》がいた」

おれの目《め》をまっすぐ見《み》つめて、翔太《しょうた》ははっきりとした口調《くちょう》で言《い》った。

「一斗《いっと》に守《まも》られてばかりじゃ、ダメだ。おれも一斗《いっと》を……家族《みんな》を、守《まも》る」

いまの翔太《しょうた》は、つかれきって、傷《きず》ついて、それでもなんとか立《た》っているような状態《じょうたい》。

おれの言葉《ことば》が、ここまで必死《ひっし》にさせていた。

正直《しょうじき》これ以上《いじょう》、無理《むり》をしてほしくなかった。

でも、こんな気持《きも》ちを聞《き》いてしまったら……「やめろ」なんて、言《い》えるわけがなかった。

「翔太《しょうた》」

FC6-1
1
FC6-1
7

「ん？」

「……おれたちがささえる。だから、たのむぞ……！」

力《ちから》が少《すこ》しでもつたわるように願《ねが》いながら、おれは翔太《しょうた》の背中《せなか》に手《て》のひらをそっとあてた。

相手《あいて》のボールで、試合《しあい》が再開《さいかい》する。ゴールにむかってくるのは、二宮兄弟《にのみやきょうだい》。

「もう、おまえらの家族《かぞく》ごっこにはうんざりだ」

「おれたちにはかなわないって、わからせてやる」

二宮兄弟《にのみやきょうだい》が、パス交換《こうかん》をはじめる。にくらしいほどに、1ミリもずれがない。

「おまえらのゴールに」

「ダメ押《お》しの点《てん》をたたきこんで」

「『試合《しあい》を、きめてやる！』」

シュートと同《おな》じくらい、速《はや》くて強《つよ》いボールをけりあっている。

「全員《ぜんいん》で止《と》めるんだ！」

「もう、いかせない！」

意気《いき》ごむ仲間《なかま》たちが、ボールをうばおうと二宮兄弟《にのみやきょうだい》を追《お》いかける。

そのあいだにも、パスの速度《そくど》はどんどんあがっていく。

「じゃまだ！」

「どけぇっ！」

この試合一番《しあいいちばん》のスピードで、仲間《なかま》たちを突破《とっぱ》した。

FC《エフシー》6年《ねん》1組《くみ》のゴールの前《まえ》にのこったのは、おれだけ。まぎれもない、大《だい》ピンチだ。

「ぜったいに、守《まも》る！」

二宮佑助《にのみやゆうすけ》は、もうシュートをうつために足《あし》をふりあげている。

「一《いち》か八《ばち》か……！」

おれは全速力《ぜんそくりょく》でダッシュした。ゴールは、ガラ空《あ》きになる。

それでも相手《あいて》との距離《きょり》をつめて、腕《うで》を大《おお》きくひろげる。

「どこでもいい。あたってくれ！」

二宮佑助《にのみやゆうすけ》は、足《あし》をふりぬいた。

するどい爆発音《ばくはつおん》とともに、ボールはとんでくる。

「……ぐっ！」

シュートは、おれの肩《かた》にあたった。

なぐられたような衝撃《しょうげき》が、体中《からだじゅう》に響《ひび》く。たおれそうになるのをなんとかこらえて、ボールの行方《ゆくえ》を見《み》る。

肩《かた》にあたってはねあがったボールは……ゴールへとむかっていく。

「しまった！」

追《お》いかけても、もうおそい。頭《あたま》でわかっていても、体《からだ》は動《うご》く。

どうしても、守《まも》りたい。でも、ボールは止《と》まってくれない。

「まにあえ……！」

とどかない願《ねが》いがこぼれた瞬間《しゅんかん》……

――ビュンッ！

ボールめがけて、1人《ひとり》の仲間《なかま》がとぶように走《はし》っていく。

「……翔太《しょうた》っ！」

ボールは、ゴールに吸《す》いこまれていく。

翔太《しょうた》が、お腹《なか》をおさえながら追《お》いかける。

ボールがラインをこえたら、得点《とくてん》がきまってしまう。

「とどけ……っ！」

翔太《しょうた》が体《からだ》を投《な》げだすように、ジャンプする。懸命《けんめい》に足《あし》をのばして、ボールをけりだした。

審判《しんぱん》の笛《ふえ》は――ならなかった。間一髪《かんいっぱつ》のところで、ゴールは守《まも》られた。

とびこんだいきおいのまま、翔太《しょうた》は体《からだ》ごとゴールネットにつっこんだ。

ガシャッ！　と、大《おお》きな音《おと》がする。

おれがかけ寄《よ》ろうとしたが、翔太《しょうた》はゴールのなかでたおれたまま、前《まえ》を指《ゆび》さしている。

「いけ……！」

前《まえ》を見《み》ると、ボールは一直線《いっちょくせん》に純《じゅん》へとむかっている。

翔太《しょうた》は、苦《くる》しまぎれにけったわけではなかった。絶体絶命《ぜったいぜつめい》の場面《ばめん》でも、仲間《なかま》にパスを送《おく》っていた。

「……ナイスパス！」

翔太《しょうた》は、純《じゅん》が反応《はんのう》してくれると信《しん》じていた。

純《じゅん》は、翔太《しょうた》がパスを送《おく》ってくれると信《しん》じていた。

おたがいが言葉《ことば》を交《か》わすまでもなく、信《しん》じあっていたから、執念《しゅうねん》のパスはしっかりととどいたんだ。

「……いくよっ！」

純《じゅん》の号令《ごうれい》で、仲間《なかま》たちは相手《あいて》のゴールをめざして走《はし》っていく。

「体《からだ》をはって守《まも》ってくれたんだ！」

「ぜったい、ムダにはしない！」

おれが体《からだ》にぶつけて、翔太《しょうた》が守《まも》ったボールを、純《じゅん》たちがつないでいく。

みんなのパスは、相手《あいて》にとられないように速《はや》く、そしてていねいに仲間《なかま》にとどく。

二宮兄弟《にのみやきょうだい》とくらべても引《ひ》けをとらないパス交換《こうかん》で、相手《あいて》ゴールにせまっていく。

「きめて、純《じゅん》！」

8人全員《にんぜんいん》でつなげたボールが、ゴール前《まえ》に走《はし》りこむ純《じゅん》の足元《あしもと》にある。

「たのむ！」

仲間《なかま》たちの思《おも》いを受《う》け止《と》めた純《じゅん》の目《め》が、相手《あいて》のゴールをとらえる。

「やらせるか！」

「止《と》めてやる！」

ゴールまでの道《みち》をさえぎるのは、やはり二宮兄弟《にのみやきょうだい》。

「……きみたちは、家族《かぞく》を傷《きず》つけた」

純《じゅん》は小《ちい》さな声《こえ》で、言《い》った。その声《こえ》から、本気《ほんき》で怒《おこ》っていることが感《かん》じとれた。

「きたない手《て》をつかうきみたちには、もう負《ま》けない。負《ま》けちゃいけない」

純《じゅん》の怒《いか》りを受《う》けて、二宮兄弟《にのみやきょうだい》は乱暴《らんぼう》に言《い》いはなつ。

「だったらおまえも」

「つぶしてやるよ！」

ボールめがけて、体《からだ》ごとつっこんでくる。まともにぶつかったら、ケガをしそうないきおいだ。

「あぶないっ！」

でも、純《じゅん》はよけようとしない。

ボールごしに、真正面《ましょうめん》から純《じゅん》と二宮兄弟《にのみやきょうだい》が衝突《しょうとつ》する。

純《じゅん》1人《ひとり》に対《たい》して、二宮兄弟《にのみやきょうだい》は2人《ふたり》。どう見《み》ても、純《じゅん》が不利《ふり》だ。だれもがそう思《おも》っていた。

ポーン……！

ぶつかった衝撃《しょうげき》で、ボールが空中高《くうちゅうたか》くにあがった。そして、片方《かたほう》がふきとばされた。

その結果《けっか》に、相手《あいて》チームの選手《せんしゅ》たちもおれたちも目《め》をうたがった。

立《た》っているのは……純《じゅん》。

たった1人《ひとり》で、二宮兄弟《にのみやきょうだい》をふきとばしてみせた。

「一瞬《いっしゅん》で結果《けっか》をだすのが、エースだっけ。それも正《ただ》しいかもしれないけど……僕《ぼく》は、それじゃ足《た》りないと思《おも》う」

落《お》ちてくるボールにあわせて、純《じゅん》は足《あし》をふりあげる。

「仲間《なかま》の思《おも》いにこたえられる存在《そんざい》。それが、エースだ！」

純《じゅん》はすべての力《ちから》をこめて、シュートをうった。

FC6

純《じゅん》のシュートのすさまじいスピードとパワーに、相手《あいて》のキーパーは手《て》もだせなかった。

ボールが、ゴールネットにつきささる。


ピーッ！


ゴールを証明《しょうめい》する、笛《ふえ》がなる。

「きまった……！」

「同点《どうてん》だっ！」

純《じゅん》はふりかえって、拳《こぶし》を空《そら》につきあげる。

こん身《しん》のガッツポーズを、仲間《なかま》にむけた。

仲間《なかま》たちは、純《じゅん》にとびついて喜《よろこ》びを爆発《ばくはつ》させる。

「よっしゃぁあ！」

おれも自分《じぶん》たちのゴールの前《まえ》で、拳《こぶし》をにぎっていた。

「きめてくれたよな……？」

うしろから、翔太《しょうた》の声《こえ》が聞《き》こえた。

「そうだ！　純《じゅん》がきめたんだ！」

ふりかえると、翔太《しょうた》はまだゴールのなかでたおれていた。

起《お》きあがるようすは、ない。

「平気《へいき》なのかっ？」

「——あぁ」

短《みじか》く答《こた》えて、翔太《しょうた》は起《お》きあがろうとひざに手《て》をつく。

しかし力《ちから》が抜《ぬ》けてしまって、立《た》ちあがれない。

さらに、ひざやひじには傷《きず》もあって、血《ち》がにじんでいる。ゴールにとびこんだときに、すりむいたのだろう。

見《み》るだけでわかる。翔太《しょうた》はもう、ボロボロだった。

同点《どうてん》ゴールに喜《よろこ》んでいたみんなも異変《いへん》に気《き》づいて、急《いそ》いでゴール前《まえ》にもどってくる。

「翔太《しょうた》、しっかりして！」

「起《お》きあがれないのか？」

試合《しあい》は、いったん中断《ちゅうだん》される。

ベンチから、救急《きゅうきゅう》バッグを持《も》った円香《まどか》がやってくる。

ケガのようすを観察《かんさつ》して、すぐさま手当《てあ》てをはじめる。

「翔太《しょうた》は、だいじょうぶなのか？」

おれの質問《しつもん》に、円香《まどか》は手《て》を止《と》めずに答《こた》える。

「ケガ自体《じたい》は、かすり傷《きず》だよ。でも……体力《たいりょく》を、つかいきっちゃったんだと思《おも》う」

くちびるをひきむすんだ円香《まどか》は、おれたち7人《にん》を見《み》あげる。

「この試合《しあい》は、もう……」

その先《さき》は、言《い》われなくてもわかってしまった。

二宮兄弟《にのみやきょうだい》につきっきりで走《はし》りつづけた翔太《しょうた》には、限界《げんかい》がきていた。

立《た》ちあがることもできないのに、これ以上《いじょう》プレーをしたら、体《からだ》をこわしてしまうかもしれない。

しかし、翔太《しょうた》の力《ちから》があったから、ここまでなんとか戦《たたか》えていた。

7人《にん》で戦《たたか》うことになるのは……絶望的《ぜつぼうてき》だ。

せっかく同点《どうてん》になったというのに、どうしても気持《きも》ちがゆれてしまう。

あせりと不安《ふあん》におしつぶされそうになったとき――

「『立《た》ちあがれ！　立《た》ちむかえ！』」

そんな声《こえ》が、まわりの音《おと》をかき消《け》して、グラウンド中《じゅう》に響《ひび》いた。

大声《おおごえ》をだしたのは、「必勝《ひっしょう》！」と書《か》かれたハチマキを巻《ま》いた2人組《ふたりぐみ》。

「……一也《かずや》、二葉《ふたば》」

相手《あいて》に囲《かこ》まれながら声《こえ》をはりあげている、たった2人《ふたり》の応援団《おうえんだん》。

「同点《どうてん》までできたんだ！　がんばれ、一斗《いっと》せんぱい！」

「あと1点《てん》です！　純《じゅん》せんぱい、きめてください！」

顔《かお》を真《ま》っ赤《か》にして、のどをつぶしてしまいそうな大声《おおごえ》で、2人《ふたり》はさけんでいる。

「『FC《エフシー》6年《ねん》1組《くみ》、勝《か》ってくれっ！』」

翔太《しょうた》はもう走《はし》れないし、みんなもつかれきっている。状況《じょうきょう》は、最悪《さいあく》だ。

そんなことを、一也《かずや》も二葉《ふたば》も知《し》らないだろう。

2人《ふたり》はただ、FC《エフシー》6年《ねん》1組《くみ》の勝利《しょうり》のために、声《こえ》のかぎりおれたちを応援《おうえん》している。

「……なんでだろうな」

翔太《しょうた》が、ぽつりとつぶやく。

「応援《おうえん》の声《こえ》を聞《き》いていると……力《ちから》がわいてくる」

その気持《きも》ちに、おれはコクッとうなずいた。

耳《みみ》で聞《き》いて、肌《はだ》で受《う》け止《と》めて、体《からだ》のなかにはいってくると……体《からだ》のエネルギーに変《か》わっていくような感覚《かんかく》がある。

だれかに、信《しん》じてもらえている。

それで、なにか状況《じょうきょう》が変《か》わるわけじゃない。でも、前《まえ》をむく力《ちから》がでてくる。

審判《しんぱん》が笛《ふえ》をならした。中断《ちゅうだん》していた試合《しあい》が、またはじまろうとしている。

グラウンドの中央《ちゅうおう》では、二宮兄弟《にのみやきょうだい》がボールを持《も》って、ギラギラと光《ひか》る目《め》でゴールをにらんでいる。

1対《たい》1の同点《どうてん》。のこり時間《じかん》は、5分《ふん》。

つぎの1点《てん》を取《と》ったチームが、勝利《しょうり》する。

「いくぞっ！　勝《か》つのは、FC《エフシー》6年《ねん》1組《くみ》だ！」

おうッ！

マネージャーの円香《まどか》もいれた9人《にん》で、声《こえ》と気持《きも》ちをひとつにした。

第《だい》5章《しょう》 ラスト5分《ふん》の攻防《こうぼう》！ 勝利《しょうり》をつかみとれ！

「全員《ぜんいん》で守《まも》りきるぞ！」

一番《いちばん》うしろから、おれが声《こえ》をかける。仲間《なかま》たちはふりかえることはないけれど、汗《あせ》をぬぐいながら、まっすぐ相手《あいて》を見《み》ている。

試合《しあい》は、のこり5分《ふん》をきった。

FC《エフシー》6年《ねん》1組《くみ》は、立《た》てつづけのピンチをなんとかしのいでいる。

同点《どうてん》ゴールをきめたおれたちは、このいきおいのまま攻《せ》めていこうと思《おも》っていた。しかし、FC《エフシー》ウィングスもそう簡単《かんたん》にはいかせてくれない。

同点《どうてん》になったことで、いままで以上《いじょう》に攻《せ》めてくるようになった。

いまはまたエースストライカーの純《じゅん》もふくめて、全員《ぜんいん》がゴールの前《まえ》にまとまって、守《まも》りをかためている。

「チャンスは、かならずくる！　信《しん》じて、前《まえ》をむくんだ！」

おうッ！

声《こえ》をそろえて、みんなは顔《かお》をあげる。

攻《せ》めてくるFC《エフシー》ウィングスは、二宮兄弟《にのみやきょうだい》にボールを送《おく》りつづける。

「さっさときめて」

「終《お》わらせてやる！」

双子《ふたご》のコンビプレーに、仲間《なかま》たちはまだ対応《たいおう》しきれていない。

そこで、2人《ふたり》だけで攻《せ》めてくる二宮兄弟《にのみやきょうだい》が、ピタリと止《と》まる。

「ぜぇ、ぜぇ……」

この試合《しあい》で2人《ふたり》を最《もっと》も苦《くる》しめた翔太《しょうた》が、目《め》の前《まえ》に立《た》っている。

二宮兄弟《にのみやきょうだい》は、ひきしまった表情《ひょうじょう》でむかっていく。

対《たい》する翔太《しょうた》は——ただ、つっ立《た》っていた。

追《お》いかけることもできず、あっさりと抜《ぬ》かれてしまう。

なんとか立《た》ちあがった翔太《しょうた》だったが、体力《たいりょく》はやっぱり限界《げんかい》をこえていた。

グラウンドの外《そと》にはでないけれど、走《はし》ることもボールをけることもできない。

おれたちは実際《じっさい》7人《にん》で戦《たたか》っている。攻《せ》められてばかりで、のこり時間《じかん》はもう5分《ふん》もない。

勝利《しょうり》をめざすFC《エフシー》6年《ねん》1組《くみ》には、絶体絶命《ぜったいぜつめい》の状況《じょうきょう》だ。

「……でも『全員《ぜんいん》で勝《か》つ』って、きめたんだ」

みんなのなかには、不安《ふあん》も迷《まよ》いもない。

どんなにきびしいときでも、ただ勝利《しょうり》にだけむかっている。

「ここまで、翔太《しょうた》に助《たす》けられたんだ！」

「守《まも》りは、おれたちがひきつぐ！」

翔太《しょうた》の分《ぶん》まで仲間《なかま》たちが走《はし》ることで、1人《ひとり》足《た》りないところをカバーしている。

二宮兄弟《にのみやきょうだい》にも、一心不乱《いっしんふらん》に食《く》らいついていく。何度《なんど》抜《ぬ》かれても、その分《ぶん》だけ追《お》いかける。

仲間《なかま》たちも、ここまでの試合《しあい》でつかれていないはずがない。なかには、ふらついているやつだっている。

「もう、限界《げんかい》なんだろ！」

「さっさと、あきらめろ！」

二宮兄弟《にのみやきょうだい》は、仲間《なかま》たちを抜《ぬ》き去《さ》りながら、乱暴《らんぼう》な口調《くちょう》で言《い》っている。

「みんなで、約束《やくそく》したんだ。あきらめることは、ぜったいにしないって」

静《しず》かに答《こた》えた純《じゅん》が、二宮兄弟《にのみやきょうだい》を待《ま》ちかまえていた。

「……さっきはよくも」

「……コケにしてくれたな」

声《こえ》を荒《あら》らげる二宮兄弟《にのみやきょうだい》のあいだで、高速《こうそく》のパスがくりひろげられる。スピードをあげて、純《じゅん》を一気《いっき》に抜《ぬ》こうとする。

「もう負《ま》けないって、言《い》ったよね」

純《じゅん》は、いとも簡単《かんたん》にボールをグラウンドの外《そと》にけりだした。

「「なっ……！」」

二宮兄弟《にのみやきょうだい》は、声《こえ》をそろえておどろいている。

いままで苦戦《くせん》していたのがうそのようなあざやかさで、パスをカットした。

「僕《ぼく》にはもう、きみたちのパスはつうじないよ」

目《め》をむいているのは、二宮兄弟《にのみやきょうだい》だけではない。

「純《じゅん》が、止《と》めた」

「たった1人《ひとり》で……？」

いままで、7人《にん》がかりでも止《と》められなかった、二宮兄弟《にのみやきょうだい》のパス。仲間《なかま》たちも、おどろきをかくせないようだった。

「いくら息《いき》があっていても、何度《なんど》も見《み》せられたら、パターンはわかるよ。それに……」

純《じゅん》はちらりと相手《あいて》チームを見《み》てから、つづける。

「2人《ふたり》だけのコンビプレーには、限界《げんかい》がある。仲間《なかま》は、あと6人《にん》もいるんだよ」

純《じゅん》の言葉《ことば》に、二宮兄弟《にのみやきょうだい》は反論《はんろん》する。

「たしかに、同《おな》じチームの仲間《なかま》だ」

「でも、おれたち兄弟《きょうだい》とはちがう」

二宮兄弟《にのみやきょうだい》はそこで、胸《むね》に手《て》をあてる。その動《うご》きも、ピッタリとそろっていた。

「おれたち双子《ふたご》は、考《かんが》えていることも、思《おも》っていることも、なにもかも同《おな》じだ！」

「本当《ほんとう》の家族《かぞく》だからこそ、おれたちのコンビネーションは最強《さいきょう》なんだ！」

二宮兄弟《にのみやきょうだい》は、同時《どうじ》にさけんだ。

「「なにもかもちがうおまえたちが、かなうはずがないっ！」」

「……僕《ぼく》たちは、なにもかもちがう。そのとおりだよ」

純《じゅん》が、冷静《れいせい》な口《くち》ぶりでつづける。

「僕《ぼく》は、チームはパズルみたいなものだと思《おも》っている」

けげんそうな反応《はんのう》の、二宮兄弟《にのみやきょうだい》。

純《じゅん》は、自分《じぶん》の手《て》をあわせる。

「仲間《なかま》は、パズルのピース。形《かたち》も色《いろ》も、ひとつずつちがう。同《おな》じものなんて存在《そんざい》しない。でも、ひとつでも欠《か》けてしまったら、パズルは――チームは成《な》り立《た》たない」

そこで、純《じゅん》は一度《いちど》おれたちFC《エフシー》6年《ねん》1組《くみ》のみんなを見《み》た。

「ちがう形《かたち》や色《いろ》の選手《せんしゅ》たちが、力《ちから》をあわせることで、初《はじ》めてチームになる。僕《ぼく》は、そう思《おも》っている」

純《じゅん》は二宮兄弟《にのみやきょうだい》にむきなおって、はっきりとした口調《くちょう》で言《い》った。

「FC《エフシー》6年《ねん》1組《くみ》っていうチームができるためには、全員《ぜんいん》がいなければいけない。きみたちは、2人《ふたり》だけで勝《か》つつもりなの？」

「……ふんっ」

「くだらない」

純《じゅん》の言葉《ことば》に、二宮兄弟《にのみやきょうだい》は背中《せなか》をむけた。


二宮兄弟《にのみやきょうだい》は純《じゅん》が封《ふう》じたけれど、おれたちは立《た》てつづけに攻《せ》めこまれる。

おれたちはまだ全員《ぜんいん》でゴール前《まえ》にかたまって、ゴールを守《まも》りぬいている。

ボールが外《そと》にでたタイミングで、おれは翔太《しょうた》のもとにかけ寄《よ》る。

「あと少《すこ》しだ！　がんばろう！」

翔太《しょうた》は、苦《くる》しそうに顔《かお》を下《した》にむけたまま、おれの言葉《ことば》を聞《き》いていた。

「……一斗《いっと》」

そこで翔太《しょうた》が、顔《かお》をあげた。

「相手《あいて》にやられっぱなしで、おれたちは守《まも》ってばかり。……あのとき、、、と同《おな》じだな」

「え？」

おれは気《き》づいた。翔太《しょうた》の目《め》が、するどく光《ひか》っていた。

翔太《しょうた》は、たしかに体力《たいりょく》の限界《げんかい》をむかえていた。でも、勝《か》つことはあきらめていない。

「だから――たのむ」

翔太《しょうた》のぎらついた目《め》を見《み》て、おれはハッと息《いき》をのむ。

「できるのか？　もう、体力《たいりょく》が……」

「そのために、おれはここにいる」

きっぱりと、翔太《しょうた》は言《い》った。

「――わかった」

おれは、しっかりとうなずく。

それを見《み》てから、翔太《しょうた》はおれからはなれていった。

審判《しんぱん》が、腕《うで》の時計《とけい》をちらりと見《み》ていた。……のこり時間《じかん》は、ほとんどないと思《おも》ったほうがいいだろう。

試合《しあい》は、1対《たい》1のまま。

両《りょう》チームの選手《せんしゅ》は、ここまでの激戦《げきせん》でつかれきっている。

はやく、決着《けっちゃく》をつけたい。そう思《おも》っているのは、どちらも同《おな》じだ。

「……おそらく、これが最後《さいご》のプレーだ」

このプレーでゴールをきめたほうが、勝利《しょうり》。グラウンドのなかに、緊張《きんちょう》が走《はし》る。

FC《エフシー》ウィングスのスローインで、試合《しあい》が再開《さいかい》する。

ボールを持《も》った二宮兄弟《にのみやきょうだい》が、目《め》をあわせた。

「佑助《ゆうすけ》、やるぞ」

「たのむぞ、佐助《さすけ》」

最後《さいご》の最後《さいご》に、またなにかをしかけてくる。

本当《ほんとう》の切《き》り札《ふだ》を、かくしていたみたいだ。

「ここを守《まも》って、最後《さいご》のチャンスにかける！　みんな、気合《きあ》いをいれろ！」

おれが仲間《なかま》に声《こえ》をかけているとき、二宮佑助《にのみやゆうすけ》が足《あし》をあげていた。

ゴールから20メートル以上《いじょう》はなれている場所《ばしょ》から、ボールを思《おも》いきりけった。

「いっちまえ……！」

体重《たいじゅう》を乗《の》せて足《あし》をふりぬいた、二宮佑助《にのみやゆうすけ》のロングシュート。

ごう音《おん》を立《た》てて仲間《なかま》たちのあいだをとおりぬけて、ゴールにおそいかかってくる。

「一斗《いっと》、止《と》めてくれ！」

「おねがい！」

コースを読《よ》んで、正面《しょうめん》で待《ま》ちかまえる。

「……え？」

おれはおもわず、声《こえ》をだしてしまった。

二宮佐助《にのみやさすけ》が、シュートを追《お》いかけるように走《はし》りこんできた。

ジャンプをした二宮佐助《にのみやさすけ》は、おれの目《め》の前《まえ》で、ボールをけりつけた。

「ボールごと、ふきとべ……っ！」

二宮兄弟《にのみやきょうだい》2人分《ふたりぶん》のパワーとスピードが上乗《うわの》せされた、強烈《きょうれつ》なシュート。

「ぐぁ……っ！」

おれは、体《からだ》の正面《しょうめん》で受《う》け止《と》める。体中《からだじゅう》に衝撃《しょうげき》が走《はし》って、息《いき》が止《と》まる。

足《あし》のふんばりがきかない。

本当《ほんとう》に、ふきとばされている……！

完全《かんぜん》にボールのいきおいにおされている。うしろには、ゴールがある。

このままでは、ボールもろともゴールにはいってしまう。

なにがあっても、どんなシュートでも、守《まも》ってみせる。

それが、みんなのゴールをまかされた、キーパーの責任《せきにん》だ。

「……守《まも》らなきゃ」

ゴールにむかってとばされている状態《じょうたい》でも、自分《じぶん》に言《い》い聞《き》かせる。

シュートをきめて、チームを勝《か》たせた選手《せんしゅ》はヒーローになる。

だったら、そのシュートを止《と》めてチームを守《まも》ったキーパーは、ヒーローをもこえることになる。

キーパーは、とくにたいへんなポジションだ。

だからこそ、ゴールを守《まも》りぬいたときには……グラウンドのだれよりも、かがやくことができるんだ！

「守《まも》ってみせる。たとえこの体《からだ》を犠牲《ぎせい》にしても！」

ガシャアンッ！

大《おお》きな音《おと》がして、砂《すな》ぼこりがあがる。

おれは、ゴールのなかにはいってしまっている。

「よっしゃあ！」

「これで勝《か》ちこしだ！」

二宮兄弟《にのみやきょうだい》は、歓喜《かんき》の声《こえ》をあげている。

……いいや。おれは、ゴールを守《まも》った。

その証拠《しょうこ》に、審判《しんぱん》の笛《ふえ》はならない。

「どうしてっ？」

「はいったはずじゃ」

砂《すな》ぼこりがおさまると、全員《ぜんいん》がボールに注目《ちゅうもく》する。

おれはボールをつかんだ手《て》だけを、ゴールラインの外《そと》にのこした。

たとえ体《からだ》がゴールにはいっても、ボールだけはいれさせなかった。

「そんな……」

「うそだろ……」

二宮兄弟《にのみやきょうだい》は、がっくりと肩《かた》を落《お》としていた。

おれは立《た》ちあがってボールを空《そら》にかかげて、思《おも》いきりさけんだ。


「止《と》めたぞぉおっ！」

みんなの顔《かお》に、希望《きぼう》がひろがる。それを見《み》てから、おれは前《まえ》を見《み》すえる。

「……これが、ラストチャンスだ！」

ＦＣ《エフシー》ウィングスの選手《せんしゅ》は、キーパー以外《いがい》の全員《ぜんいん》が攻撃《こうげき》のために前《まえ》にきていた。

おれは、力《ちから》のかぎりボールをけりあげた。

「いっけぇええ！」

ポォーン……

大《おお》きくけったボールは、だれもいないところにとんでいく。

ＦＣ《エフシー》６年《ねん》１組《くみ》の仲間《なかま》たちは、守《まも》りのためにゴール前《まえ》でかたまっている。

おれのキックは、完全《かんぜん》なミスだと思《おも》われている。

相手《あいて》のキーパーが、前《まえ》にでてくる。もう一度《いちど》攻《せ》めるために、おれたちのゴール前《まえ》にボールをけってこようとする。

……そのとき、１人《ひとり》の選手《せんしゅ》が目《め》にもとまらぬ速《はや》さで、ボールをかっさらった。

『えっ』

ＦＣ《エフシー》ウィングスの選手《せんしゅ》たちも、ＦＣ《エフシー》６年《ねん》１組《くみ》の仲間《なかま》さえも、目《め》を見《み》ひらいていた。

おれのけったボールに反応《はんのう》したのは、翔太《しょうた》だった。

この5分間《ふんかん》、ふらふらだった翔太《しょうた》が一瞬《いっしゅん》のすきをついて、FC《エフシー》ウィングスのゴールへとむかっていく。

「もうあいつは」

「走《はし》れないはずだろ！」

二宮兄弟《にのみやきょうだい》のおどろきのさけびに、おれはにっと笑《わら》った。

同点《どうてん》ゴールがきまった時点《じてん》で、たしかに翔太《しょうた》はもう走《はし》れなかった。二宮兄弟《にのみやきょうだい》を追《お》いかけることも、まともにプレーすることもできなかった。

だからこの5分間《ふんかん》、翔太《しょうた》はただ立《た》っていた。

じっと動《うご》かず、体力《たいりょく》を回復《かいふく》させて、一度《いちど》きりのチャンスをねらっていた。

「たのんだぞ、翔太《しょうた》ぁ！」

おれがけったボールを、翔太《しょうた》がきめる。

幼稚園児《ようちえんじ》だったころの公園《こうえん》で、初《はじ》めてサッカーで勝利《しょうり》した『あのとき』と、同《おな》じだった。

距離《きょり》は遠《とお》いけれど、ゴールまでさえぎるものは、なにもない。

あとはシュートをきめるだけだ。

……しかし、ぐらっ、と翔太《しょうた》の体《からだ》がゆれた。

「あっ！」

翔太《しょうた》は、一時的《いちじてき》に体力《たいりょく》を回復《かいふく》しただけ。すぐに限界《げんかい》がきてしまった。

がくん、とひざをつく。

「ぐ……っ！」

ポンッ、とボールをけった翔太《しょうた》は、そのまま前《まえ》のめりにたおれてしまった。

最後《さいご》の力《ちから》をふりしぼったシュートだ。

グラウンド中《じゅう》の選手《せんしゅ》が、ボールの行方《ゆくえ》を目《め》で追《お》っている。

ころがっていくボールは、ゴールの枠《わく》から大《おお》きくはずれている。

「そんな！」

「最後《さいご》のシュートが……」

みんなの顔《かお》から、希望《きぼう》が失《うしな》われていく。

「いや、まだだ！」

おれは、試合終了《しあいしゅうりょう》の笛《ふえ》がなるまで、あきらめない。

クールでぶっきらぼうだけど、だれよりも仲間《なかま》たちを家族《かぞく》だと思《おも》っている、翔太《しょうた》。

限界《げんかい》をこえても、何度《なんど》たおれても、仲間《なかま》のためにここまでがんばってきた翔太《しょうた》が、みんなの気持《きも》ちを背負《せお》ったプレーを、ムダにするわけがない。

「……やっぱりシュートは、いれられなかった」

翔太《しょうた》は、たおれたままで顔《かお》をあげ、ボールの行方《ゆくえ》をじっと見《み》ている。

──その翔太《しょうた》を、追《お》いこした選手《せんしゅ》がいた。

「ナイスパスだよ」

そうだ。いまは『あのとき』とはちがう。

おれたちには、たよれる仲間《なかま》がもう1人《ひとり》いるんだ。

軽《かろ》やかに走《はし》っていくのは、FC《エフシー》6年《ねん》1組《くみ》の背番号《せばんごう》10番《ばん》。

「──純《じゅん》！」

全員《ぜんいん》が信頼《しんらい》するストライカーの純《じゅん》が、無人《むじん》のゴールにむかっていく。

翔太《しょうた》のけったボールは、シュートではなく、パスだった。

ゴールの枠《わく》は大《おお》きくはずしたけれど、走《はし》りこむ純《じゅん》の足元《あしもと》には、ぴったりとおさまった。

まるで「ここにくる」とわかっていたかのような、パスだった。

最後《さいご》の最後《さいご》は、純《じゅん》にたよることになった。

でも、ただ1人《ひとり》にたよったわけじゃない。全員《ぜんいん》で攻《せ》めて、全員《ぜんいん》で守《まも》った結果《けっか》が、いまここにあるんだ。

グラウンドのおれたち、ベンチにいる円香《まどか》、さらにはフェンスの外《そと》の一也《かずや》や二葉《ふたば》の声《こえ》もかさなって、ひとつの大《おお》きな声《こえ》が、純《じゅん》の背中《せなか》をおす。

『きめてくれぇっ！』

純《じゅん》の足《あし》があがって、そしてすばやくふりおろされる。

ドン……ッ！

心地《ここち》よい破裂音《はれつおん》。そのあと、ボールはゴールのど真《ま》ん中《なか》につきささった。

バサァッ！

ネットがゆれると同時《どうじ》に――

ピッ、ピッ、ピー！

短《みじか》い笛《ふえ》と長《なが》い笛《ふえ》の音《おと》。

試合終了《しあいしゅうりょう》の合図《あいず》だ。

グラウンドは静《しず》まりかえった。

「……勝《か》った」

仲間《なかま》のなかから、ぽろっと言葉《ことば》がもれた。

「これ、勝《か》ったんだよね？」

「勝《か》った……勝《か》ったんだ！」

言葉《ことば》にしていくうちに、実感《じっかん》がわいてくる。

よっしゃぁあああぁっ！

みんなは、力《ちから》いっぱいガッツポーズをつくった。

のこった体力《たいりょく》をすべてつかいきるようだった。

自分《じぶん》たちのゴール前《まえ》で喜《よろこ》びあってから、みんなはいっせいに走《はし》りだす。

むかう先《さき》は、相手《あいて》のゴール前《まえ》。

笑顔《えがお》で仲間《なかま》を待《ま》っている純《じゅん》と、横《よこ》になったまま動《うご》かない翔太《しょうた》がいた。

「純《じゅん》！　翔太《しょうた》！」

おれたちは全力《ぜんりょく》で走《はし》って、２人《ふたり》の上《うえ》にのしかかった。

「ありがとう！　純《じゅん》！　翔太《しょうた》！」

「２人《ふたり》がいてくれたから、勝《か》てたんだ！」

苦《くる》しそうに、でもうれしそうに、純《じゅん》が声《こえ》をあげる。

「僕《ぼく》たちのことを、みんなが信《しん》じてくれたから、勝《か》つことができたんだよ」

純《じゅん》はお礼《れい》をこめて、にっこりと笑《わら》った。

純《じゅん》が試合中《しあいちゅう》に言《い》っていたとおりだ。だれか１人《ひとり》でも欠《か》けていたら、ＦＣ《エフシー》６年《ねん》１組《くみ》は成《な》り立《た》たなかった。

「そうだよね、翔太《しょうた》？」

純《じゅん》が問《と》いかける。横《よこ》になったまま、翔太《しょうた》はおれたちを見《み》あげている。

翔太《しょうた》は、弱々《よわよわ》しい声《こえ》で言《い》った。

「……体《からだ》が、まったく、動《うご》かないんだ……」

純《じゅん》が、笑顔《えがお》で翔太《しょうた》の手《て》をとった。

「体力《たいりょく》が空《から》っぽになるまで、走《はし》ってくれたんだね」

みんなで、翔太《しょうた》をひっぱりあげる。

「歩《ある》けるのか？」

「それくらい、だいじょうぶ……」

強《つよ》がりながらも、立《た》つことさえもキツそうだった。

「まったく、世話《せわ》がやけるな……！」

そう言《い》っておれは、ふらつく翔太《しょうた》をおんぶした。

「これでいいだろ」

いつもクールな翔太《しょうた》が、めずらしく顔《かお》を赤《あか》くしている。

FC6-1
4
FC6-1
1
FC6-1
10
FC6-1
3
2

「お、おろせって！」

はずかしがる翔太《しょうた》に、おれは笑《わら》いかけながら、言《い》った。

「これくらいあまえろよ。家族《かぞく》、なんだからさ」

その言葉《ことば》に、翔太《しょうた》はほんの少《すこ》しだけ、口元《くちもと》をゆるませた。

キャプテンの勇気《ゆうき》が、みんなのほうにふりかえる。

「さぁ、整列《せいれつ》だ！」

おれは、翔太《しょうた》をおぶったまま、整列《せいれつ》にむかう。

「一斗《いっと》。……ありがとう」

翔太《しょうた》が、小声《こごえ》で言《い》った。

「ん？　これくらい、たいしたことないって」

「……そうじゃない」

「翔太《しょうた》。はっきり言《い》わないと」

となりを歩《ある》く純《じゅん》が、にこにこしながら言《い》った。

「ゴールを守《まも》ってくれて、そして、信《しん》じてくれてありがとう、ってことでしょ？」

「……そうなのか？」

おれが聞《き》いても、翔太《しょうた》はもうなにも言《い》わなかった。

FC《エフシー》6年《ねん》1組《くみ》とFC《エフシー》ウィングスの『ジュニアサッカーカップ』出場《しゅつじょう》をかけた試合《しあい》。

結果《けっか》は、2対《たい》1。

FC《エフシー》6年《ねん》1組《くみ》の、逆転勝利《ぎゃくてんしょうり》……！

エピローグ

スタートライン

FC《エフシー》ウィングスとの試合《しあい》を制《せい》した、つぎの日《ひ》。おれは、早朝《そうちょう》の練習《れんしゅう》へとむかっていた。

まだ試合《しあい》のつかれがのこっていて、あくびもでてしまう。

でも、気《き》を抜《ぬ》いているひまはない。やっとスタートラインに立《た》ったにすぎないんだ。

昨日《きのう》の試合《しあい》でおれたちは『ジュニアサッカーカップ』に出場《しゅつじょう》する権利《けんり》を勝《か》ちとった。

はげしい試合《しあい》に勝《か》って、出場権《しゅつじょうけん》をつかんだチームが、集《あつ》まってくる大会《たいかい》だ。さらにきびしい戦《たたか》いになるだろう。

「勝《か》ってかぶとの緒《お》を締《し》めよ、って言《い》うもんな」

つぎの戦《たたか》いは、もうはじまっている！

拳《こぶし》をつくって意気《いき》ごんでいると、学校《がっこう》が見《み》えてきた。

校門《こうもん》をくぐると、校庭《こうてい》ではある３人《にん》がサッカーをしていた。

「おはよう、一斗《いっと》」

笑顔《えがお》で手《て》をあげたのは、日向純《ひなたじゅん》。たくさんのボールを足元《あしもと》においている。

純《じゅん》のとなりには、ポニーテールの女《おんな》の子《こ》。

そしてゴール前《まえ》に目《め》をむけると、背《せ》の低《ひく》いツンツン頭《あたま》の男《おとこ》の子《こ》が立《た》っている。

「二葉《ふたば》と、一也《かずや》！」

ＦＣ《エフシー》６年《ねん》１組《くみ》のサポーターと言《い》って、応援《おうえん》してくれた４年生《ねんせい》２人組《ふたりぐみ》。

「あ、一斗《いっと》せんぱい！」

大《おお》きく手《て》をふる一也《かずや》は、グローブをつけている。

「そのかっこうは？」

おれが聞《き》くと、一也《かずや》はパシッと手《て》をたたいた。

「おれは、キーパーになる！」

「前《まえ》は、純《じゅん》みたいなストライカーになりたいって言《い》っていたのに？」

「昨日《きのう》の試合《しあい》を見《み》て、変《か》わったんだよ！」

一也《かずや》は、まっすぐおれを見《み》あげて、高《たか》らかに言《い》った。

「おれも、一斗《いっと》せんぱいみたいな、仲間《なかま》のゴールを守《まも》れるキーパーになりたい！」


「おれ……みたいな？」

なにも言《い》えないくらい、びっくりして……うれしかった。

「そのためには、純《じゅん》せんぱいのシュートも止《と》められるようにならなきゃ、と思《おも》ってさ！」

「そして私《わたし》は、純《じゅん》せんぱいにパスをだしています！」

二葉《ふたば》も、にっこりと笑《わら》う。

「いままでは見《み》ているだけでしたけど、私《わたし》も昨日《きのう》の試合《しあい》で、サッカーをやってみようって思《おも》ったんです！」

2人《ふたり》の言葉《ことば》を聞《き》いて、おれは胸《むね》の奥《おく》が熱《あつ》くなった。

全力《ぜんりょく》をかけていたおれたちのサッカーが、一也《かずや》と二葉《ふたば》の心《こころ》を動《うご》かしたんだ。

一也《かずや》と二葉《ふたば》は、おれと純《じゅん》にむかって、拳《こぶし》をつきだしてきた。

「これからも、FC《エフシー》6年《ねん》1組《くみ》を応援《おうえん》する！」

「そして自分《じぶん》たちも、勝《か》ってみせます！」

純《じゅん》は二葉《ふたば》と、そしておれは一也《かずや》と、こつっと拳《こぶし》をあわせた。

「僕《ぼく》たちも負《ま》けていられないね、一斗《いっと》」

「あぁ！　おれにもシュート練習《れんしゅう》をたのむよ、純《じゅん》！」

ゴールにむかおうとしたとき、校門《こうもん》からチームメイトが顔《かお》をだす。

「……もう、きていたのか」

タオルで汗《あせ》をふいているのは、翔太《しょうた》だった。

「おはよう！　もう汗《あせ》をかいているけど、どうしたの？」

純《じゅん》の質問《しつもん》に、翔太《しょうた》は短《みじか》く答《こた》える。

「学校《がっこう》のまわりを、ランニングしていた。……30分《ぷん》くらい」

翔太《しょう た》は、ほとんどくちびるを動《うご》かさないでつづける。

「昨日《きのう》の試合《しあい》で、最後《さいご》まで走《はし》れなかったんだ。もっと、体力《たいりょく》をつけるしかない」

純《じゅん》とおれは、顔《かお》をひきつらせて笑《わら》うしかない。

「昨日《きのう》のつかれがあるはずなのに」

「さすがだな……」

汗《あせ》をふき終《お》わった翔太《しょうた》が、うしろをちらりと見《み》る。

「みんなも、もうすぐくる」

「え？」

その言葉《ことば》どおり、続々《ぞくぞく》と仲間《なかま》たちが校門《こうもん》をくぐってきて、校庭《こうてい》にたおれこんだ。

「ど、どうしたんだよ？」

みんなは息《いき》を切《き》らしながら、笑《わら》って言《い》った。

「翔太《しょうた》と同《おな》じように、走《はし》ろうってきめたんだ」

「つぎの試合《しあい》からは、翔太《しょうた》だけにまかせないようにって思《おも》ってさ……」

一也《かずや》と二葉《ふたば》は、目《め》をまるくする。

「もう、つぎの試合《しあい》のことを？」

「昨日《きのう》、勝《か》ったばかりですよね？」

みんなは、荒《あら》い呼吸《こきゅう》をととのえてから言《い》った。

『勝《か》ってかぶとの緒《お》を締《し》めよ、だ！』

その言葉《ことば》は、ちょうどおれが考《かんが》えていたものだった。

「……ははっ！」

あまりにそろっていたことに、おれはおもわず笑《わら》ってしまった。

「なんだよ、一斗《いっと》」

「おもしろいことなんて、言《い》ってないぞ？」

みんなが、不思議《ふしぎ》そうにおれを見《み》ている。

「いや……おれたちは、双子《ふたご》の兄弟《きょうだい》にも負《ま》けていないよ」

首《くび》をかしげるみんなに、おれは声《こえ》をかける。

「少《すこ》し休《やす》んだら、練習《れんしゅう》をはじめようぜ！　つぎの試合《しあい》にむけて、サッカーしよう！」

おうッ！

おれたちの声《こえ》がとどいたのか、フェンスにはられた横断幕《おうだんまく》が、大《おお》きくゆれた。

立ち上がれ！立ち向かえ！
戦うクラス
FC6年1組！

集英社みらい文庫

FC《エフシー》6年《ねん》1組《くみ》

つかめ全国《ぜんこく》への大会《たいかい》キップ！
とどけ約束《やくそく》のラストパス！

河端朝日《かわばたあさひ》 作
千田純生《ちだじゅんせい》 絵

ファンレターのあて先
〒101-8050 東京都千代田区一ツ橋2-5-10 集英社みらい文庫編集部
いただいたお便りは編集部から先生におわたしいたします。

2018年10月31日 第1刷発行

発行者 北畠輝幸
発行所 株式会社 集英社
〒101-8050 東京都千代田区一ツ橋2-5-10
電話 編集部 03-3230-6246
読者係 03-3230-6080
販売部 03-3230-6393(書店専用)
http://miraibunko.jp
装丁 諸橋 藍(釣巻デザイン室) 中島由佳理
印刷 大日本印刷株式会社 凸版印刷株式会社
製本 大日本印刷株式会社

ISBN978-4-08-321466-0 C8293 N.D.C.913 184P 18cm

から逃《に》げきれ!!!!

命《いのち》がけの鬼《おに》ごっこスタート!

学校《がっこう》内《ない》でライオンが暴走《ぼうそう》!

弟《おとうと》・蓮《れん》と同級生《どうきゅうせい》・陽《ひ》菜《な》と逃《に》げる!

夏休《なつやす》み、忘《わす》れ物《もの》をとりに
緑ヶ原小《みどりがはらしょう》に向《む》かった兄弟《きょうだい》、大地《だいち》と蓮《れん》。
学校《がっこう》に入《はい》ると突然《とつぜん》、
どう猛《もう》なライオンがあらわれた
飼育委員《しいくいいん》をしていた陽菜《ひな》もまきこんで、
ツメやキバをむきだしにしておそってくる
ライオンから学校中《がっこうじゅう》を逃《に》げまわる!!
緊急事態《きんきゅうじたい》のなか、大地《だいち》は蓮《れん》と陽菜《ひな》に
ある秘密《ひみつ》を打《う》ち明《あ》けるが…
3人《にん》は無事《ぶじ》に家《いえ》に
帰《かえ》れるか…!?

大《だい》コーフン
学園《がくえん》ホラー
第《だい》1弾《だん》

残《のこ》るのか——!
限界《げんかい》を超《こ》えた
ゲームがはじまる!
50人《にん》の小学生《しょうがくせい》が最後《さいご》の一人《ひとり》になるまで
ひとつの競技《きょうぎ》でたたかう大会《たいかい》、ラストサバイバル。
「最後《さいご》まで残《のこ》った優勝者《ゆうしょうしゃ》はなんでも願《ねが》いごとがかなう」という。
小《しょう》6の桜井《さくらい》リクはラストサバイバルに参加《さんか》し、優勝《ゆうしょう》をめざすが…!?
このゲームは遊《あそ》びじゃない!!
おどろきのラストを見逃《みのが》すな!!
第《だい》1弾《だん》
最後《さいご》まで
歩《ある》けるのはだれだ!?
第《だい》2弾《だん》
でてはいけない
サバイバル教室《きょうしつ》
第《だい》3弾《だん》
つかまってはいけない
サバイバル鬼《おに》ごっこ
第《だい》4弾《だん》
かけめぐれ無人島《むじんとう》!
サバイバルアドベンチャー
シリーズ絶《ぜっ》賛《さん》発《はつ》売《ばい》中《ちゅう》!

だれが最《さい》後《ご》まで
ラストサバイバル
生き残りゲーム
宝をさがせ！
サバイバルトレジャー
大久保開 作
北野詠一 絵
集英社みらい文庫
第《だい》5弾《だん》
宝《たから》をさがせ！
サバイバルトレジャー
2018年《ねん》11月《がつ》22日《にち》(木《もく》)発売《はつばい》!
生《い》き残《のこ》りゲーム
ラストサバイバル
大久保開《おおくぼひらく》作《さく》 北野詠一《きたのえいいち》絵《え》

給《きゅう》食《しょく》がここにある!
絶《ぜっ》対《たい》読《よ》んでくれよ!

「みらい文庫《ぶんこ》」読者《どくしゃ》のみなさんへ

言葉《ことば》を学《まな》ぶ、感性《かんせい》を磨《みが》く、創造力《そうぞうりょく》を育《はぐく》む……、読書《どくしょ》は「人間力《にんげんりょく》」を高《たか》めるために欠《か》かせません。

たった一枚《いちまい》のページをめくる向《む》こう側《がわ》に、未知《みち》の世界《せかい》、ドキドキのみらいが無限《むげん》に広《ひろ》がっている。

これこそが「本《ほん》」だけが持《も》っているパワーです。

学校《がっこう》の朝《あさ》の読書《どくしょ》に、休《やす》み時間《じかん》に、放課後《ほうかご》に……。いつでも、どこでも、すぐに続《つづ》きを読《よ》みたくなるような、魅力《みりょく》に溢《あふ》れる本《ほん》をたくさん揃《そろ》えていきたい。読書《どくしょ》がくれる、心《こころ》がきらきらしたり胸《むね》がきゅんとする瞬間《しゅんかん》を体験《たいけん》してほしい、楽《たの》しんでほしい。みらいの日本《にほん》、そして世界《せかい》を担《にな》うみなさんが、やがて大人《おとな》になった時《とき》、「読書《どくしょ》の魅力《みりょく》を初《はじ》めて知《し》った本《ほん》」「自分《じぶん》のおこづかいで初《はじ》めて買《か》った一冊《いっさつ》」と思《おも》い出《だ》してくれるような作品《さくひん》を一所懸命《いっしょけんめい》、大切《たいせつ》に創《つく》っていきたい。

そんないっぱいの想《おも》いを込《こ》めながら、作家《さっか》の先生方《せんせいがた》と一緒《いっしょ》に、私《わたし》たちは素敵《すてき》な本作《ほんづく》りを続《つづ》けていきます。「みらい文庫《ぶんこ》」は、無限《むげん》の宇宙《うちゅう》に浮《う》かぶ星《ほし》のように、夢《ゆめ》をたたえ輝《かがや》きながら、次々《つぎつぎ》と新《あたら》しく生《う》まれ続《つづ》けます。

本《ほん》を持《も》つ、その手《て》の中《なか》に、ドキドキするみらい――。

本《ほん》の宇宙《うちゅう》から、自分《じぶん》だけの健《すこ》やかな空想力《くうそうりょく》を育《そだ》て、〝みらいの星《ほし》〟をたくさん見《み》つけてください。

そして、大切《たいせつ》なこと、大切《たいせつ》な人《ひと》をきちんと守《まも》る、強《つよ》くて、やさしい大人《おとな》になってくれることを心《こころ》から願《ねが》っています。

2011年《ねん》　春《はる》

集英社《しゅうえいしゃ》みらい文庫編集部《ぶんこへんしゅうぶ》